GRöLS Verlage

„BÜCHER SIND WIE FALLSCHIRME. SIE NÜTZEN UNS NICHTS, WENN WIR SIE NICHT ÖFFNEN."

**Gröls Verlag**

## Redaktionelle Hinweise und Impressum

Das vorliegende Werk wurde zugunsten der Authentizität sehr zurückhaltend bearbeitet. So wurden etwa ursprüngliche Rechtschreibfehler *nicht* systematisch behoben, denn kleine Unvollkommenheiten machen das Buch – wie im Übrigen den Menschen – erst authentisch. Mitunter wurden jedoch zum Beispiel Absätze behutsam neu getrennt, um den Lesefluss zu erleichtern.

Um die Texte zu rekonstruieren, werden antiquarische Bücher von Lesegeräten gescannt und dann durch eine Software lesbar gemacht. Der so entstandene Text wird von Menschen gegengelesen und korrigiert – hierbei treten auch Fehler auf. Wenn Sie ebenfalls antiquarische Texte einreichen möchten, finden Sie weitere Informationen auf www.groels.de

Viel Freude bei der Lektüre wünscht Ihnen das Team des Gröls-Verlags.

**Adressen**

Verleger: Sophia Gröls, Im Borngrund 26, 61440 Oberursel

Externer Dienstleister für Distribution & Herstellung: BoD, In de Tarpen 42, 22848 Norderstedt

**Unsere „Edition | Werke der Weltliteratur"** hat den Anspruch, eine der größten und vollständigsten Sammlungen klassischer Literatur in deutscher Sprache zu sein. Nach und nach versammeln wir hier nicht nur die „üblichen Verdächtigen" von Goethe bis Schiller, sondern auch Kleinode der vergangenen Jahrhunderte, die – zu Unrecht – drohen, in Vergessenheit zu geraten. Wir kultivieren und kuratieren damit einen der wertvollsten Bereiche der abendländischen Kultur. Kleine Auswahl:

**Francis Bacon** • Neues Organon • **Balzac** • Glanz und Elend der Kurtisanen • **Joachim H. Campe** • Robinson der Jüngere • **Dante Alighieri** • Die Göttliche Komödie • **Daniel Defoe** • Robinson Crusoe • **Charles Dickens** • Oliver Twist • **Denis Diderot** • Jacques der Fatalist • **Fjodor Dostojewski** • Schuld und Sühne • **Arthur Conan Doyle** • Der Hund von Baskerville • **Marie von Ebner-Eschenbach** • Das Gemeindekind • **Elisabeth von Österreich** • Das Poetische Tagebuch • **Friedrich Engels** • Die Lage der arbeitenden Klasse • **Ludwig Feuerbach** • Das Wesen des Christentums • **Johann G. Fichte** • Reden an die deutsche Nation • **Fitzgerald** • Zärtlich ist die Nacht • **Flaubert** • Madame Bovary • **Gorch Fock** • Seefahrt ist not! • **Theodor Fontane** • Effi Briest • **Robert Musil** • Über die Dummheit • **Edgar Wallace** • Der Frosch mit der Maske • **Jakob Wassermann** • Der Fall Maurizius • **Oscar Wilde** • Das Bildnis des Dorian Grey • **Émile Zola** • Germinal • **Stefan Zweig** • Schachnovelle • **Hugo von Hofmannsthal** • Der Tor und der Tod • **Anton Tschechow** • Ein Heiratsantrag • **Arthur Schnitzler** • Reigen • **Friedrich Schiller** • Kabale und Liebe • **Nicolo Machiavelli** • Der Fürst • **Gotthold E. Lessing** • Nathan der Weise • **Augustinus** • Die Bekenntnisse des heiligen Augustinus • **Marcus Aurelius** • Selbstbetrachtungen • **Charles Baudelaire** • Die Blumen des Bösen • **Harriett Stowe** • Onkel Toms Hütte • **Walter Benjamin** • Deutsche Menschen • **Hugo Bettauer** • Die Stadt ohne Juden • **Lewis Caroll** • *und viele mehr….*

# Joseph Roth

# Die Geschichte vom heiligen Trinker und andere Erzählungen

## Inhalt

## April

### Die Geschichte einer Liebe

Die Aprilnacht, in der ich ankam, war wolkenschwer und regenschwanger. Die silbernen Schattenrisse der Stadt strebten aus losem Nebel zart, kühn, fast singend gegen den Himmel. Fein und dünngelenkig kletterte ein gotisches Türmchen in die Wolken. Die dottergelbe Scheibe der erleuchteten Rathausuhr hing, wie an einem unsichtbaren Seil, in der Luft. Um den Bahnhof roch es süß und trunken nach Steinkohle, Jasmin und atmenden Wiesen.

Die einzige Droschke der Stadt wartete, gleichgültig und bestaubt, vor dem Bahnhof. Die Stadt mußte klein sein. Sie besaß gewiß eine Kirche, ein Rathaus, einen Brunnen, einen Bürgermeister, eine Droschke. Das Pferd war braun, breithufig, trug rötliche Zottelmanschetten über den Fußgelenken und hatte keine Scheuklappen. Seine Augen glotzten groß und wohlwollend auf den Platz. Wenn es wieherte, neigte es den Kopf seitwärts, wie ein Mensch, der sich zum Niesen anschickt.

Ich stieg in die Droschke und überholte auf der Landstraße alle wackelnden Hutschachteln und schwankenden Koffer mit den daran hängenden Menschen. Ich hörte, was die Leute einander sagten, und fühlte die Armut ihrer Schicksale, die Kleinheit ihres Erlebens, die Enge und Gewichtlosigkeit ihrer Schmerzen. Über die Felder zu beiden Seiten der Straße ergoß sich Nebel, wie geschmolzenes Blei, und täuschte Meer und Grenzenlosigkeit vor. Deshalb waren die Hutschachteln, die Menschen, die Reden, die Droschke so gering und lächerlich. Ich glaubte wirklich an das Meer zu beiden Seiten und wunderte mich über seine Stille. Es ist vielleicht gestorben, dachte ich. Der Schornstein einer Fabrik, der plötzlich neben einem weißen Häuserwinkel aufstieg, beängstigend trotz seiner Schlankheit, sah aus wie ein erloschener Leuchtturm.

Zufällige Menschen lagerten am Wegrand: Vorhuten der Stadt. Sie waren zutraulich und aufrichtig, ich konnte sehen, was in ihnen vorging: Eine Mutter wusch ihr Kind in einem Faßeimer. Das Gefäß trug einen blanken und grausamen Blechgürtel, und das Kind schrie. – Ein Mann saß in seinem Bett und ließ sich von einem Jungen einen Stiefel ausziehn. Der Junge hatte ein rotes, angestrengt-aufgedunsenes Gesicht, und der Stiefel war schmutzig. – Eine alte Frau kehrte mit einem Besen auf den Dielen der Stube herum, und ich ahnte ihre nächste Tätigkeit: sie würde jetzt das blaurote Tischtuch zusammenraffen, zum Fenster oder zur Tür gehen und die Speisereste in den kleinen Garten schütten.

Ich hatte Mitleid mit dem Kind im Faßeimer, dem stiefelziehenden Jungen, den Speiseresten. Alte Frauen, die in der Nacht aufräumen, müssen schlecht sein. Meine Großmutter, die wie ein Hund aussah, kehrte immer in der Nacht mit dem Besen auf den Dielen umher. Ich war sehr klein, haßte die Großmutter und den Besen und liebte Papierschnitzel, Zigarrenstummel und allerlei Abfälle. Ich rettete alles, was auf dem Fußboden lag, vor dem Besen der Großmutter in meine Taschen. Ich liebte besonders Strohhalme. Von allen Dingen waren sie am meisten lebendig. Manchmal, wenn es regnete, sah ich zum Fenster hinaus. Auf den Wellen einer der unzähligen Regenbächlein schwamm, tänzelte, drehte sich kokett und unbekümmert ein Strohhälmchen und ahnte nichts von dem Kanalschacht, dem es zutrieb, in dem es verschwinden würde. Ich rannte auf die Straße, der Regen war schwer und wütend, er peitschte mich, aber ich lief, den Strohhalm retten, und erreichte ihn knapp vor dem Kanalgitter.

Viele Leute sah ich in der Nacht. In dieser Stadt gingen die Menschen vielleicht so spät schlafen, oder war es der April und die Erwartung, die in der Luft lag, daß alles Lebende wach bleiben mußte? Alle, die mir entgegenkamen, hatten irgendeine Bedeutung. Sie trugen Schicksale, waren selbst Schicksale; sie waren glücklich oder unglücklich, keineswegs gleichgültig und zufällig; oder sie waren zumindest betrunken. In kleinen Städten sind nachts keine zufälligen Menschen auf der Straße. Nur Liebhaber, oder Straßenmädchen, oder Nachtwächter, oder

Wahnsinnige, oder Dichter. Die Zufälligen und Gleichgültigen sind sicher zu Hause.

In der Mitte des Marktplatzes stand der Gründer der Stadt, ein steinerner Bischof, als gäbe er acht. So mittendrin ist er und so wichtig. Ich glaube, die Leute hielten ihn für tot und erledigt. Sie gingen an ihm vorbei und grüßten nicht; sie hätten sich nicht gescheut, Geheimstes in seiner Nähe zu sagen oder auch ein Verbrechen zu begehen. Wozu hielten sie ihn überhaupt noch?

Mir tat der Bischof leid, der sich gewiß so geplagt hatte, als er die Stadt gründete. Er trug einen verkniffenen Zug um den Mund und sah ganz so aus wie jemand, der die Undankbarkeit der Welt kennengelernt hat. Ich versprach ihm in jener Nacht, fleißig in der Geschichte über ihn nachzulesen. Aber ich kam nie dazu. Denn auch in dieser kleinen Stadt hatten die lebenden Menschen Geschichten, die mir in den Weg liefen, mich umstellten und einspannten. Und übrigens war es Frühling, und ich mag in solcher Jahreszeit keine Bischöfe und keine Gründer.

Ich wußte schon am nächsten Morgen ein paar Geschichten.

Ich wußte, daß der Briefträger erst seit einigen Tagen hinke und keineswegs von Geburt lahm sei. Er trank selten, zweimal im Jahr: an seinem Geburtstag, das war der fünfzehnte April, und am Todestag seines Sohnes, der in der großen Stadt durch Selbstmord geendet hatte. Der Rausch war nachhaltig, und der Briefträger taumelte drei Tage zwischen den Mauern des Städtchens herum, ehe er nüchtern wurde. An diesen drei Tagen bekamen die Leute dieser Stadt keinen Brief. Der Verkehr mit der Außenwelt stockte.

Vor einer Woche, am fünfzehnten April, war der Briefträger in seinem Rausch gestürzt und hatte sich ein Bein verrenkt. Davon kam sein Hinken.

Das war nicht die einzige Geschichte.

In dem Hotel, in dem ich schlief, roch es nach Naphthalin, Moschus und alten Kränzen. Der große Speisesaal hinter dem Schankladen war niedrig, die Decke gewölbt, und die Wände trugen viereckige braunhölzerne

Pflästerchen mit Sprüchen. Anna, das Mädchen, stützte den rechten Arm auf das Fensterbrett und gab acht, daß die Krüge nicht leer wurden. Sie wurden nie leer. Denn die Leute tranken hier sehr viel Wein und klapperten mit den Krugdeckeln, wenn Anna nicht aufpaßte.

Anna war damals siebenundzwanzig Jahre alt und blond und glatt gekämmt. Sie sah immer so aus, als wäre sie vor einer Weile aus dem Wasser gestiegen. So straff und blank war ihr Gesicht und so frisch und streng und feuchtblond zogen sich ihre gestrählten Haarsträhnen aus der Stirne.

Sie hatte schlanke, kräftige, aber schüchterne Hände, von denen ich immer glaubte, daß sie sich schämen.

Anna stammte aus Böhmen und liebte den Ingenieur. Der Ingenieur war der Betriebsleiter jener Fabrik, in der Annas Vater arbeitete. Anna hatte ein Kind von dem Ingenieur.

Der Ingenieur hatte geheiratet und Anna Geld gegeben fürs Kind und für die Reise. So war Anna Kellnerin in dem kleinen Städtchen.

Ich trat einmal zufällig in Annas Zimmer und sah die Photographie ihres Kindes. Es war ein schönes Kind, es griff mit runden Fäusten in die Luft und trank die Welt mit großen Augen.

Anna war schweigsam und erzählte ihre Geschichte sehr kurz.

Ich mag Ingenieure dieser Art nicht und liebte Anna.

„Sie lieben ihn immer noch?“ fragte ich Anna.

„Ja!“ sagte sie. Sie sagte es so selbstverständlich und trocken, wie irgendeine geschäftliche Auskunft.

In dem Städtchen gab es ein Kinotheater. Der Besitzer war ein jüdischer Tuchwarenhändler. Er hatte ein Kino gegründet, weil er tüchtig und betriebsam war und es ihn schmerzte, daß er einen ganzen Sonntag nichts zu tun haben sollte. Er verkaufte daher an Wochentagen Tuchwaren und ließ Sonntag im Kino spielen.

Ins Kino ging ich mit Anna.

Im Städtchen gab es eine Bibliothek. Der junge Mann, der Besucher zu bedienen und, wenn niemand da war, Staub aufzuwischen hatte, war blaß, romantisch blaß und dünn, wie ein auferstandener Dichter, und hatte eine blond-gelbe Schopflohe, die von seinem Kopf gegen den Suffit flackerte. Er stand immer auf einer Doppelleiter, er spazierte mit der Doppelleiter hinter dem Ladentisch herum, er konnte es vortrefflich, besser als jeder Zimmermaler. Als hätte er überhaupt nur auf Doppelleitern gehen gelernt. Die Leihbibliothek hatte auch alte, gute Bücher, und ich ging mit Anna in die Leihbibliothek.

Anna freute sich sehr.

Manchmal wußte ich, daß Anna zärtlich sein könnte. Ich liebte die Frauen, deren Güte wie ein verschütteter Quell, unsichtbar, fruchtlos, aber unermüdlich, jedesmal gegen die Oberfläche anströmt und weil ein Ausweg nicht möglich, nach der Tiefe gedrängt, verborgene Schächte gräbt und gräbt, bis zum Versiegen. Ich liebte Anna. Ich konnte ihren Reichtum nicht lassen. Sie wußte nicht, wieviel ihr verlorenging, wenn sie so daherschritt, rückwärts lebend, jede andere Sehnsucht ausschaltete und nur die nach Vergangenem trug und pflegte.

Ich habe noch nicht vom Park erzählt, in dem die Liebe dieser Stadt blühte. Der Goldregen wucherte leichtsinnig und liederlich zwischen Linden und Kastanien. Die Bänke standen nicht in den Alleen, sondern mitten auf den Beeten. Ich dachte, diese Bänke hätte der Bischof, als sie noch ganz jung waren, in die Erde gepflanzt und sie wuchsen immer jedes Jahr um ein Stückchen in die Breite. Die Füße hatten sicherlich schon Wurzel gefaßt im lockeren Boden.

Am Sonntag, nach dem Kino, ging ich mit Anna in den Park.

Einmal sahen wir, wie zwei sich küßten, und Anna lachte.

„Es ist nicht gut, Anna", sagte ich, „über die Liebe zu lachen. Ich mag Menschen nicht, die so lügen können."

Da hörte Anna zu lachen auf.

Als wir nach Haus kamen, erwies es sich, daß der Wirt Anna gesucht hatte, denn es war ein Gast gekommen. Er hatte einen knarrenden, neuen Lederkoffer mit vielen grünen und roten Heftpflästerchen. Er war schwarzgelockt und glutäugig, und er konnte gewiß Mandoline spielen und Mädchen verführen. Hätte ich in seine Brieftasche einen Blick tun können, so hätte ich eine ganze Sammlung bunter Schleifen und blonder Haare und rosa Liebesbriefe gesehn. Aber ich kam nicht dazu und wußte es auch so.

Er trank Bier in der Wirtsstube. Das Bier paßte nicht zu seinem Gesicht, er hätte Wein trinken müssen. Er ließ sich von Anna bedienen und war sehr höflich. Er sprach lauter Schnörkel. Seine Worte sehen aus, wie seine Unterschrift wahrscheinlich, dachte ich.

In dieser Nacht bemerkte ich, daß mein Licht fehlte. Ich machte die Tür auf und ging zu Anna in die Stube. Anna war im Hemd und weinte. Sie blieb auf ihrem Bett sitzen und erschrak nicht, als ich kam, sondern weinte ruhig und mit Ausdauer weiter.

Dann sagte sie: „Er sieht genauso aus!“

Der neue Gast sah genauso aus, wie Annas Ingenieur.

„Es ist so schrecklich!“ sagte Anna.

Seit damals liebten wir uns und verbargen es nicht voreinander. Anna konnte sehr zärtlich sein und eifersüchtig auch. Aber ich kümmerte mich nicht um die Frauen. Die Frauen dieser Stadt gefielen mir gar nicht.

Nur, wenn ich sah, wie sie an goldumrahmten Frühlingsabenden über die Felder wanderten, ein Paar ums andere, rührten sie mich. Sie waren dazu da, die Welt zu erneuern. Sie wuchsen, liebten und gebaren. Im Frühling begannen sie ihr mütterliches Werk und vollendeten es im Laufe der Jahre. Ich sah, wie sie, berauscht und mit Appetit auf Rausch, harmlos und beflissen, Gottes Gebot zu erfüllen, wie Maikäfer in die Wälder ausschwärmten.

Spät in der Nacht noch standen sie in den dunklen Hausfluren, klebten sie an den Lippen und Schnurrbärten der Männer, kicherten und waren dankbar bis zur Demut für jedes gute Wort, das man ihnen in den Schoß warf. Schön waren die Nächte, in denen die Grillen und die Mädchen unermüdlich zirpten.

Und die Regentage auch.

Die Mädchen standen in den Fenstern und lasen in Büchern aus der Leihbücherei und aßen Butterbrot. Ein Regenschirm schwankte durch die Gasse und überdachte den zierlichen dünnen Notariatsschreiber. Er sah aus, wie eine aufrecht gehende Heuschrecke.

Strohhalme tänzelten, wirbelten, drehten sich kokett und schwammen ahnungslos dem Verderben der Kanalgitter zu. Ich lief nicht mehr, sie aufzuhalten. Immer dachte ich, daß ich es doch tun müßte. Der Regen, die Harmlosigkeit des Strohhalms, das Kanalgitter und ich gehörten zusammen. Vielleicht war auch noch der Notariatsschreiber dabei. Der Regentag war grau schraffiert, der Strohhalm ertrank, das Kanalgitter verschluckte ihn, der Notariatsschreiber stocherte, schirmüberdacht, durch die Gasse. Und ich hätte eigentlich laufen müssen, den Strohhalm retten. Jedes in der Welt hatte seine Aufgabe.

Sehr früh am Morgen stand ich täglich auf. Anna schlief noch, und der Wirt und der zweite Gast. Die Stiefel der Hausbewohner standen, noch nicht gereinigt, ein Stück Gestern, vor den Türen. Im Hof pendelte der Pudel, gähnte und suchte nach vergessenen Knochen unter der Hoteldroschke, die, unbespannt, mit einer zwecklosen Deichsel, vor dem Schuppen wartete, wie ein ausgegrabenes Gefährt. Jakob, der Kutscher, schnarchte im Schuppenbau, brünstig und stark; er schnarchte einen Hymnus auf Natur und Gesundheit. Es war gar nicht lächerlich, sein Schnarchen. Es klang selbstverständlich und machtvoll; ein Naturlaut, ein verhülltes Donnerrollen, ein Hirschröhren. Um fünf Uhr erhob sich ferne, und wie aus übersinnlichen Welten heranschwellend, das klagende Tuten der Dampfmühle und weckte Jakob, den Kutscher. Er mußte in den Kleidern geschlafen haben, denn er kam, gleichzeitig mit dem letzten verzitterten Oberton der Mühlensirene, in seiner großkarierten Ärmelweste, in Hosen und bestiefelt, barhaupt, mit einem zerknitterten Pergamentgesicht, sprudelte aus trichtergeformtem Munde Wasser auf seine gekrümmten Handflächen und rieb sich Stirn und Augen. Dann ging er quer über den Hof ins Haus, schwer und mühevoll, als müßte er jedes Bein, wie einen Baum mit Wurzeln, aus der Erde ziehn.

An der ersten Straßenbiegung klinkte Käthe ihr Fenster auf und sah hinunter in die Stadt. Ich grüßte Käthe immer. Ich hatte noch nie mit ihr gesprochen, ich hatte gar nichts mit ihr zu sprechen, ich grüßte sie nur, weil sie aus dem Fenster sah und weil die Welt so früh am Morgen noch nicht konventionell war, sondern einfach, wie in den ersten Tagen ihrer Kindheit, ein paar Jahre nach der Erschaffung, als noch im ganzen zwanzig Menschen sie belebten und alle zwanzig freundlich und gut miteinander waren. Später, wenn ich heimkehrte, war's Mittag bereits, die Welt um alle Jahrtausende älter und ich grüßte nicht mehr, weil es sich nicht schickte, in einer so fortgeschrittenen Welt ein Mädchen zu grüßen, mit dem man noch nie gesprochen.

Durch den Park knirschte ein rundbäuchiger Spritzwagen, Rasen und Beete berieselnd. Eine Amsel sprang mit Gassenbubengebärden neben dem Wagen her und schlug mit dem linken Flügel gegen die zerstäubenden Wassertropfen. Unsichtbar lärmte irgendwo oben ein ganzes, in die Ferien geschicktes Lerchenpensionat. Rund um die Bänke, die in der Mitte der Beete standen, war das Gras ein wenig müde und hergenommen von der nächtlichen Liebe der Menschen. Und mir entgegen schritt der lange Eisenbahnassistent durch den Park in den Dienst.

Den Eisenbahnassistenten haßte ich. Er war sommersprossig, unglaublich lang und gerade. Ich dachte, sooft ich ihn sah, an einen Brief an den Eisenbahnminister. Ich wollte vorschlagen, den häßlichen Eisenbahnassistenten als Telegraphenstange unterwegs irgendwo, zwischen zwei kleinen Stationen, zu verwenden. Nie hätte mir der Eisenbahnminister diesen Dienst erwiesen.

Ich wußte nicht, warum ich den Beamten so haßte. Er war außergewöhnlich groß gewachsen, aber ich hasse ja nicht grundsätzlich das Außergewöhnliche. Mir schien, daß der Eisenbahnassistent mit Absicht so hoch hinaufgeschossen sei, und das reizte mich auf. Mir schien, als hätte er seit seiner Jugend nichts anderes getan, als wachsen und Sommersprossen sammeln. Und außerdem hatte er rötliche Haare.

Auch trug er immer seine Uniform und eine rote Kappe. Er machte langsame und kleine Schritte, obwohl er mit seinen langen Beinen ganz gut rasch hätte gehen können. Aber er ging langsam und wuchs, wuchs, wuchs.

Ich weiß noch heute sehr wenig über den Eisenbahnbeamten. Aber ich hätte damals schon schwören können, daß er viele versteckte Gemeinheiten begangen habe.

Solch ein Eisenbahnassistent konnte zum Beispiel einen Zug, in dem sein persönlicher Feind saß, zu einem Zusammenstoß bringen und die Schuld geschickt auf den Zugführer schieben. Es war eigentlich sehr gefährlich, mit der Eisenbahn zu fahren.

Solch ein Eisenbahnassistent, dachte ich, ist niemals imstande, einer Frau wegen auf seine rote Kappe zu verzichten. Wenn er liebte, so legte er bestimmt die Kappe mit der Öffnung nach oben sorgsam auf einen Stuhl. Er vergaß nicht, die Hose im Bug zusammenzufalten und verstand gewiß nicht die Lust, einer Frau dankbar zu sein. Er konnte auch Frauen durch eine List überrumpeln. Und eifersüchtig war er auch.

Sooft ich ihn sah, dachte ich über einen Brief an alle Frauen der Welt: Frauen! Hütet euch vor dem Eisenbahnassistenten!

Anna mochte den Eisenbahnassistenten auch nicht. Anna fragte: „Warum hasse ich ihn?“

Ich wußte nicht, wie ich Anna antworten sollte, und erzählte ihr die Geschichte von Abel, meinem Freund, und der Frau seines Lebens.

Abel, mein Freund, sehnte sich nach New York. Abel war Maler, Karikaturist. Er hatte bereits karikiert, als er noch nicht einen Bleistift halten konnte. Er achtete die Schönheit gering und liebte Krüppelei und Verzerrtheit. Er konnte keinen geraden Strich zustande bringen.

Abel achtete die Frauen gering. Männer lieben in einer Frau die Vollkommenheit, die sie zu sehen sich einbilden. Abel aber leugnete die Vollkommenheit.

Er selbst war häßlich, so daß ihn die Frauen liebhatten. Frauen vermuten Vollkommenheit oder Größe hinter männlicher Häßlichkeit.

Einmal gelang es ihm, nach New York zu fahren. Auf dem Schiff sah er zum erstenmal in seinem Leben eine schöne Frau.

Als er im Hafen landete, verschwand ihm die schöne Frau aus den Augen. Da kehrte er mit dem nächsten Schiff nach Europa zurück.

Anna konnte den Zusammenhang zwischen Abel, meinem Freund, und dem langen Eisenbahnassistenten nicht begreifen.

„Warum erzählst du mir von Abel?“ fragte sie.

„Anna“, sagte ich, „alle Geschichten hängen zusammen. Weil sie einander ähnlich sind oder weil jede das Entgegengesetzte beweist. Zwischen dem langen Eisenbahnassistenten und meinem Freund Abel ist ein Unterschied. Ein sehr banaler Unterschied: Abel, mein Freund, geht zugrunde, aber der Eisenbahnassistent wird leben und Stationsvorstand werden. Abel, mein Freund, hat eine Sehnsucht. Nie wird der Eisenbahnassistent eine andere Sehnsucht haben, als die, Stationsvorsteher zu werden. Abel, mein Freund, lief aus New York fort, weil er die Frau seines Lebens aus den Augen verloren hatte. Nie wird der Eisenbahnassistent einer Frau wegen aus New York fortlaufen.“

Ich war überzeugt, daß Anna nun den Zusammenhang verstehe. Anna aber umarmte mich und fragte: „Würdest du meinetwegen aus New York weglaufen?“

In dieser Nacht liebte ich Anna sehr, weil ich wußte, daß ich ihretwegen nie aus New York weglaufen würde. Ich fürchtete, es ihr zu sagen, und liebte sie dafür. Ich war feige und führte mich sehr männlich auf. Anna verstand mich aber und weinte. Jetzt sehe ich aus wie der Ingenieur, dachte ich. Am Morgen schlief Anna, als ich fortging. Sie fühlte, daß ich aufgestanden war, und suchte, schlafend noch, mit schwachen Armen in der Leere herum.

Es regnete, deshalb ging ich ins Kaffeehaus.

Der Kellner trug einen zerknitterten Frack und eine schwere Juchtenledertasche an der rechten Hüfte. Er hieß Ignatz, und jeder nannte ihn so. Er hatte keinen andern Namen. Nur ich sagte: Herr Ober!

Ignatz hatte Tag und Nacht Dienst. Er schlief auf zwei Stühlen im Kaffeehaus, und davon kam der zerknitterte Frack. Die Geldtasche schnallte er niemals ab. Er war an beiden Seiten etwas plattgedrückt, wie ein Fisch. Seine Arme hingen, wie bekleidete Rückenflossen, schlaff hinunter. Und außerdem hatte er große, graugrüne Fischaugen und kalte, feuchte Hände. Er wischte sie immer an der Ledertasche ab.

Ich mochte Ignatz nicht, denn er wollte kein Kellner sein. Er las alle Zeitungen und sprach mit den Gästen von Politik. Er wollte lieber Politiker sein.

Aber er blieb doch Kellner und war unzufrieden.

Er sah immer so aus, als gäbe er den Gästen die Schuld an seiner verpfuschten Karriere.

Er nahm Trinkgelder und dankte sehr kühl.

Einmal kam ich mit Anna ins Kaffeehaus und Ignatz sagte: „Wie geht es, Fräulein Anna?“ und wischte sich die rechte Hand an der Ledertasche ab, um Anna mit einer trockenen Hand zu begrüßen. „Wie geht's Ihnen, Ignatz?“ fragte Anna und gab ihm die Hand.

Weil Ignatz die Hand zu lange behielt, sagte ich: „Herr Ober!“ Da grüßte Ignatz und ging.

Im Kaffeehaus hing ein großer Wandkalender.

Jeden Morgen um acht Uhr kam der Postdirektor, ein alter Herr mit weißem Backenbart. Der Postdirektor ging sehr aufrecht und hatte überlange Hosen an und Sporen an den Stiefelabsätzen, vielleicht, um den Hosenrand zu schonen. Er hatte gewiß bei der Artillerie gedient.

Der Postdirektor hatte so unwahrscheinlich tiefblaue, gute Augen, daß ich glaubte, er hätte sie bei einem Optiker eigens für sich machen lassen. Auch sein Backenbart war so märchenhaft weiß. Der Postdirektor puderte seinen Backenbart vielleicht, jeden Morgen, oder vor dem Schlafengehen.

Jeden Morgen riß der Herr Postdirektor einen Zettel vom Wandkalender im Kaffeehaus ab. Ignatz hätte das ganze Jahr den ersten Januar sein lassen. Aber der Postdirektor achtete darauf, daß jeder Tag seinen Namen und seine Nummer habe.

Ich liebte den Postdirektor.

Der Park, in dem die Liebe blühte, lag nicht in der Mitte, sondern am Ende der Stadt. Er lief hinaus in die Wiesenwege.

Am Ausgang war ein Gasthaus, in dem ich Nachtmahl aß.

Gegenüber war die Postdirektion.

Die Post war ein neues Gebäude, in einem schneeweißen Kalkgewande; es trug ein Wappen an der Stirn und am doppelflügeligen grünen Haustor ein rundes Posthorn. Die Post war das einzige Haus mit zwei Stockwerken in dem Städtchen.

Im zweiten Stockwerk wohnte der Herr Postdirektor.

Immer stand ein Fensterflügel offen im zweiten Stockwerk. Ich dachte: Dort, wo das Fenster offensteht, wohnt der Herr Postdirektor. Er muß jedesmal in den Himmel sehn, damit seine Augen blau bleiben. Der Herr Postdirektor, dachte ich, ist ein kinderloser Herr, und er hat eine alte Frau mit weißem, gescheiteltem Haar. Sie sprechen nur am Abend miteinander, der Postdirektor und die Frau.

Immer saß ich im Gasthaus so, daß ich das offene Fenster sehen konnte. Vielleicht kommt einmal der Herr Postdirektor, in den Himmel schaun – hoffte ich. Aber er kam selten.

Eines Tages setzte sich ein wunderschönes Mädchen ans Fenster und sah in den Himmel.

Ich erschrak über ihre Schönheit und sah so plötzlich zum Fenster des Gasthauses hinaus und zu dem Mädchen empor, daß sie es fühlte und mich ansah. Weil ich verlegen wurde, grüßte ich. Sie grüßte auch. Nun kam sie täglich ans Fenster.

Ich pflanze meine Erlebnisse, wie wildes Weinlaub und sehe zu, wie sie wachsen. Ich bin faul, und das Nichts ist meine Leidenschaft. Dennoch lebte ich seit der Stunde, in der ich das Mädchen im Fenster gesehen hatte, in einer steten Spannung, die ich nur noch aus meiner Knabenzeit kannte. Damals war ich noch Teil der Welt, Strohhalm im Strom des Geschehens, schwimmend und fortgerissen. Ich weinte über den Verlust einer Papiertüte, einer Nutzlosigkeit. Seitdem ich alt bin, weine ich nicht mehr und lache nicht. Niemand kann mir ein unmittelbares Leid zufügen. Über Schmerz und Freude bin ich hinausgewachsen.

Nun aber lebte ich Schmerz und Freude und sank tief in die Kleinigkeiten.

Das Mädchen sah jeden Tag zum Fenster hinaus, wenn ich vorbeiging. Jeden Tag grüßte ich. Am dritten Tag lächelte sie. An ihrem Lächeln lernte ich, daß es nichts Geringfügiges gibt unter der Sonne. Ihr Lächeln am dritten Tag war ein großes Ereignis.

Ihr Gesicht war blaß und klein. Ihre schwarzen Augen blank, wie geputzt. Ihr Haar glatt und rückwärts gekämmt. Ihre Schultern schmal und furchtsam.

Auch wenn es regnete, sah sie zum Fenster hinaus, und das Fenster war offen. Ich saß im Wirtshaus, und die Fensterscheibe war von der Regenkälte angelaufen. Ich mußte das Glas jedesmal blankwischen. Jedesmal lächelte das Mädchen.

Einmal saßen zwei Männer an dem Tisch in der Fensterecke des Wirtshauses und ich aß nicht, sondern ging hinaus und wanderte vor dem Wirtshaus auf und ab und war lächerlich wie ein Nachtwächter. Ich hatte den Mantelkragen hochgeschlagen und ging langsam, mit großen Schritten. Von meinen Kleidern tropfte es. Die Leute standen im Haustor des Postgebäudes oder in der Einfahrt des Wirtshauses und warteten, bis der Regen aufhören würde. Wenn es blitzte, fuhren sie ein bißchen zusammen und hörten auf zu reden. Manchmal sahen sie mich an. Ein junges Weib vom Lande, in Holzpantoffeln und mit aufreizend prallen Brüsten, die hinter der regenfeuchten Bluse fortwährend zitterten vor Kälte und Erregung, rückte einmal auf der Schwelle zur Seite, zupfte mich am Ärmel und wies auf den freien Platz. Ich aber ging weiter, und oben lächelte das Mädchen.

Die Menschen sahen zum Fenster hinauf und lachten. Das junge Weib lachte auch. Ich sah mich um, da waren sie alle verlegen, vielleicht hielten sie mich für verrückt.

Von diesem Vorfall lebte ich eine ganze Woche lang. Ich erzählte Anna von dem Mädchen, und Anna lachte mich aus.

„Warum lachst du?“ sagte ich. „Ich liebe das Mädchen im Fenster.“

„Warum gehst du nicht zu ihr hinauf?“

„Ich will's tun!“

„Nein, tu's nicht!“ bat Anna. „Vielleicht liebst du sie wirklich.“

Ich werde niemals vergessen, wie eines Tages der Postdirektor neben dem Mädchen am Fenster stand. Ich grüßte, und der Postdirektor grüßte wieder. So selbstverständlich, als wäre ich sein guter Freund.

Das Mädchen war seine Nichte, sagte mir Anna.

Ich beschloß, zum Postdirektor zu gehn.

Aber es dauerte zwei Wochen, und ich ging noch immer nicht. Ich wollte sagen: Verehrter Herr Postdirektor, Ihre Augen und Ihre Sporen und selbst Ihre überlange Hose habe ich gern. Dieses Mädchen liebe ich aber. Ich glaube, sie ist die Frau meines Lebens. Ich will sie nicht verlieren, wie Abel, mein Freund.

Und dann würde ich die Geschichte von meinem Freund Abel erzählen.

Der Postdirektor würde lächeln und aufstehn, und seine Sporen würden leise klirren, so wie kaum erwachsene silberne Tschinellen, die erst ordentlich klingen lernen müssen.

Das Mädchen würde meine Geschichte verstehen und nicht fragen, wie Anna.

Das Mädchen ist überhaupt ganz anders.

Ich wüßte auch, was ich dem Mädchen zu sagen hätte.

Ich fuhr in die große Stadt, um mir selbst Geld zu schicken, und schrieb meinen Namen verkehrt und nur den Anfangsbuchstaben meines Vornamens. Dann kam ich zurück und wartete auf das Geld.

Der Briefträger kam und war sehr aufgeregt, weil er das letztemal vor zwei Jahren Geld gebracht hatte. Das war schon lange her, und er wiederholte rasch die Vorschriften und verlangte meine Papiere. Er behielt die Kappe auf dem Kopf, während er im Zimmer stand, denn er war im Dienst.

Er wollte mir das Geld geben, aber ich sagte:

„Mein Name ist verkehrt geschrieben."

„Das tut nichts", sagte der Briefträger.

„Oh, doch!" – sagte ich. „Tragen Sie das Geld zum Herrn Postdirektor und fragen Sie ihn, ob Sie mir das Geld geben dürfen."

Später saß ich zehn oder fünfzehn Minuten lang beim Herrn Postdirektor. Aber wir sprachen nur von meinem Geld, und er sagte, daß er gar nicht zweifle; ich wäre der rechtmäßige Empfänger. In dieser Stadt hat noch nie jemand so oder ähnlich geheißen.

„Ja, es ist eine sehr ruhige kleine Stadt", sagte der Herr Postdirektor, und er wollte mir eigentlich damit ein Kompliment machen. Es war, als sagte er: Wo denken Sie hin! Einen so schönen lauten Namen, wie Sie, trägt keiner hier.

Seine Sporen klangen leise, wie kaum erwachsene Tschinellen, und alles war eigentlich so, wie ich es mir vorgestellt hatte. Nur von dem Mädchen am Fenster war nicht die Rede.

Als ich draußen stand, sah ich zum Fenster hinauf. Am Fenster stand der Herr Postdirektor. Ich grüßte ihn noch einmal, und er nickte. Ich glaube, damals wäre der geeignete Augenblick gewesen, noch einmal hinaufzugehen und von dem Mädchen zu sprechen. Aber gerade die geeigneten Augenblicke auszunützen bin ich niemals imstande.

Alles im Leben wird alt und abgenutzt: Worte und Situationen. Alle geeigneten Augenblicke sind schon dagewesen. Alle Worte sind schon gesprochen worden. Ich kann nicht Worte und Situationen wiederholen. Es ist, als trüge ich immerfort abgelegte Kleider.

Am Abend jenes Tages stand das Mädchen nicht am Fenster. Ich beschloß, abzureisen.

Ich ging ins Hotel und packte meinen Koffer. Anna kam und fragte:

„Wie lange wirst du fortbleiben?"

Nie wäre es ihr eingefallen, daß ich für immer verreisen könnte.

„Zwei Tage!" – sagte ich und fühlte nicht die Spur von Reue über diese Lüge. Was war eine Lüge Anna gegenüber? Das Mädchen am Fenster war nicht mehr da, und bei dem Postdirektor hatte ich den geeigneten Augenblick nicht ausgenützt.

„Warst du beim Postdirektor?" – fragte Anna.

„Ja!“ sagte ich. „Aber das Mädchen vom Fenster sah ich heut nicht mehr.“

„Sie wird krank sein!“ sagte Anna.

„Krank? – Warum sagst du das?“

„Sie ist krank! Weißt du das nicht? Sie ist überhaupt krank! Schwindsüchtig und lahm. Deshalb geht sie auch niemals auf die Straße. Sie wird bald sterben!“

Anna sprach das alles sehr schnell. Ihre Worte schlugen Purzelbäume. Dennoch hörte ich jede Silbe, scharf und trocken. Diese Silben gruben sich in mein Hirn wie harte Münzen in eine schmelzende Wachsplatte.

Ich sah Anna, wie sie dastand, mit straff zurückgekämmtem Haar, blank, als wäre sie eben aus dem Wasser gestiegen. Anna wird nicht sterben! – dachte ich.

Das Mädchen am Fenster wird sterben! wird sterben! wird sterben!

Nie werde ich mit ihr sprechen. Deshalb also hatte ich den geeigneten Augenblick nicht ausgenutzt. Nicht, weil ich geeignete Augenblicke nicht leide, sondern weil das Mädchen krank ist.

„Anna!“ – sagte ich: „Nun geh' ich für immer fort.“

„Weil sie krank ist?“ lachte Anna.

„Ja!“

„Aber ich bin gesund!“ sagte Anna.

In diesem Augenblick hatte sie das Gesicht einer Triumphierenden. Es war blaß und kalt.

„Ich gehe mit dir zur Bahn!“ sagte Anna.

Anna ging mit mir zur Bahn.

Ein Zug kam an, und ich wollte gerade zum Fahrkartenschalter. Da kam der Reisende wieder und grüßte. Er hatte einen knarrenden Lederkoffer und roch nach Pomade.

Anna griff krampfhaft nach meinem Arm, und ich blieb stehen.

„Du, fahr nicht!“ sagte Anna.

Sie glich nicht mehr einer Triumphierenden. Sie sah aus wie ein armes, verstörtes Tier, wie ein in die Enge getriebenes, umstelltes Eichhörnchen auf einem grausamen, baumlosen Acker. Der Reisende trat auf mich zu, sagte: „Ergebenster!“ und: „Guten Abend!“ und: „Sind wohl auch angekommen? Oder verreisen jetzt?“

„Nein!“ – sagte ich. „Soeben angekommen!“ – und ging mit Anna in die Stadt zurück.

Ich schlief die ganze Nacht nicht, denn ich dachte an das sterbende Mädchen. Seitdem ich wußte, daß sie bald tot sein würde, fühlte ich mich sicher in meiner Macht über sie. Ich hielt sie fest, ich konnte ihre Hände greifen. Sie war in meinen Besitz übergegangen.

Ich dachte gar nicht daran, daß sie auch früher schon krank gewesen. Für mich war sie es eben erst geworden. Sie wird sterben, dachte ich, und es war mir wie einem, der weiß, daß man in einer Stunde kommen wird, um ihm einen Gegenstand zu pfänden, den er liebt.

Den ganzen nächsten Morgen schritt ich auf und ab vor dem Postgebäude. Der Herr Postdirektor kam jede Stunde einmal ans Fenster, sah mich und wunderte sich gewiß. Er ging um die Mittagszeit aus dem Hause, ich grüßte ihn, und er erwiderte und wunderte sich. Dann, um drei Uhr nachmittags kam er zurück, und ich ging immer noch auf und ab vor dem Hause. Ich ging hin und zurück, bewußtlos, wie ein Uhrpendel und getrieben von einem unbekannten Räderwerk.

Am Abend setzte ich mich ins Wirtshaus und sah hinaus: Das Fenster im Postgebäude ging auf, und sie kam.

Sie grüßte zuerst und etwas hastig, schien mir. Sie hatte wahrscheinlich geglaubt, ich würde heute nicht mehr warten, weil sie gestern krank gewesen war. Ich sah nur kurz hinauf, und in meinen Augen lag eine lange Rede.

Wenn ich drei Tage ununterbrochen gesprochen hätte, ich hätte ihr gar nicht so viel sagen können.

Ich war ganz dumm und knabenhaft aufgeregt. Sie verstand, schien mir, was ich gesagt hatte. Dann klinkte sie das Fenster zu, als es stärker dunkelte, im Zimmer floß plötzlich helles Licht, und die Gardinen schlossen sich. An der weichen hellen Gardinenfläche zeichnete sich der Schatten eines großen Mannes ab. Es war nicht der Herr Postdirektor, denn der Schatten des Postdirektors hätte einen Backenbart gehabt. Es war ein bartloser Mann. Vielleicht der Bruder.

Ich ging noch eine Stunde durch den Park. Die Menschen liebten sich immer noch auf den Bänken und Beeten. Ich begegnete mehreren Frauen, die mit losen Haaren und mit einer fremdartigen Ausgelassenheit verlorener und berauschter Menschen auf den Kieswegen, ziellos scheinbar, wanderten. Ihr Gang war so taumelnd und dennoch erregt-lebendig. Sie nahmen sich aus wie Kreisel, die früher einmal von irgendeiner fremden Kraft in rastloses Rotieren versetzt worden waren, und nun, da die Wirkung dieser unbekannten Macht erschöpft ist, immer noch im nachhaltenden Zauber des rotierenden Schwunges befangen, aber müde, ihre letzten flatternden Runden vollziehen und nach einem äußeren Stützpunkt oder dem eigenen Gleichgewicht vergeblich suchen.

Alle diese, dachte ich, sind gesund und werden nicht sterben.

Ich traf Anna in ihrem Zimmer, wie sie im Hemd am Bettrand saß und weinte. Sie hielt die Hände nicht nach der Art weinender Menschen vor das Angesicht. Es schien, daß ihr unermüdliches, mit Landregengleichmaß und stetig rinnendes Weinen nicht aus ihrer Seele kam, sondern wie von außen her; etwas Fremdes, Plötzliches, Überfallendes, gegen welches sich zu wehren nutzlos, das zu verhüllen ohne Zweck war.

In dieser Nacht liebte ich Anna, wie zum ersten Male, mit der Zärtlichkeit und der Freude, mit der man einen ganz neuen Besitz umhüllt.

Am nächsten Morgen erlebte ich die letzte Geschichte dieses Städtchens.

Sehr früh saß der Reisende schon im Kaffeehaus und aß Kuchen. Er aß nicht mit der Hand, sondern umständlich mit Messer und Teelöffel, denn der Reisende war ein feiner Mann und wußte sich zu benehmen. Er aß sehr lange an seinem Kuchen. Dann stand er auf, ging zum Wandkalender und riß das Datum von gestern herunter, entschieden und so, als schüfe er das Heute, den neuen Tag, stolz und machterfüllt wie ein Gott. Mir bangte vor der Ankunft des Postdirektors.

Der Herr Postdirektor riß seit Jahrzehnten die alten Tage ab und entschleierte die neuen, behutsam und demütig, nicht wie ein Gott, sondern wie ein Diener Gottes. Heute würde er entsetzt nach dem Wandkalender sehen, irre werden in den Wochentagen und Daten und die Welt nicht mehr verstehen.

Deshalb hob ich den zerknitterten Zettel auf, glättete ihn und brachte ihn, so gut es ging, wieder am Wandkalender an.

Der Reisende sah mir zu und sagte: „Mein Herr, heute ist der achtundzwanzigste Mai!"

Ich erschrak fast, so laut sagte er das Datum dieses Tages, und obwohl es eine sehr einfache Sache war, und alle Welt es wissen mußte, schien mir, als hätte der Reisende ein scheues Geheimnis mit unverschämter Roheit ausgebrüllt.

Der achtundzwanzigste Mai!

In diesem Augenblick schlug die Turmuhr halb acht, der Herr Postdirektor trat ein, seine Sporen klirrten leise und übermütig, sie kicherten, und der Herr Postdirektor ging feierlich an den Wandkalender und enthüllte den neuen Tag. Erst jetzt war's der achtundzwanzigste Mai geworden!

Dieser achtundzwanzigste Mai wurde einer der wichtigsten Tage meines Lebens. Ich beschloß nämlich abzureisen.

Was hätte ich auch länger tun sollen in diesem Städtchen? Das Mädchen am Fenster mußte sterben, Anna tat mir weh, ihr Anblick schmerzte mich, und ich konnte ihr nicht helfen. Den Briefträger kannte ich schon auswendig und das silberne Sporenklimpern des Herrn Postdirektors auch. Käthe, dachte ich, wird jeden Morgen um die gleiche Stunde ihr Fenster aufklinken, und es wird nichts dabei sein, wenn ich nicht mehr vorübergehend guten Morgen sage. Und es war schon der achtundzwanzigste Mai.

Am achtundzwanzigsten Mai konnte ich unmöglich länger bleiben. Fast ohne daß ich es gesehen hätte, waren die Ähren auf den Feldern mannshoch und noch darüber gewachsen. Wenn ein halbes Dutzend aufeinanderstehender Hasen durch die Felder geschossen wäre, man hätte nicht einmal eine Ohrenspitze des letzten und obersten gesehen. Es war ein gesegnetes Jahr, und in den Obstgärten lag der Blütenschnee so dicht und hoch, daß man mit nackten Füßen hätte gehen können und die Gartenerde nur wie eine ferne Wirklichkeit fühlen.

Auch sah man es den Wolken bereits an, daß sie nicht mehr von Jugend und Sorglosigkeit getrieben auf dem Himmel herumlümmelten, sondern mit bedächtiger Beschwer dastanden oder ihre fruchtbaren, schwellenden Leiber wälzten, um einer Pflicht zu genügen. Am achtundzwanzigsten Mai weiß man bereits, was man will.

Es ist, dachte ich, so lächerlich, daß ich hier Abend für Abend vor dem Fenster eines Mädchens wandere, das sterben wird und das ich niemals küssen kann. Ich bin nicht mehr jung, dachte ich. Jeder Tag ist eine Aufgabe, und jede meiner Stunden war eine Sünde am Leben.

Einmal träumte ich von einem großen Hafen. Ich hörte ein machtvolles Klirren von zwanzigtausend Schiffsketten und das Brüllen beschäftigter Matrosen. Ich sah, wie schwere Kräne sich hoben und senkten, glatt und selbstverständlich und ohne Mühe, als würden sie nicht von Menschen in Bewegung gesetzt, sondern als arbeiteten sie aus eigenem und nach göttlichem Willen. Es war nicht der Krampf des Eisens, sondern die leichte Gelenkigkeit natürlicher Kräfte.

Manchmal träumte ich von einer großen Stadt, es war vielleicht New York. Ich atmete das Rasseltempo ihres Lebens, ihre Straßen rannten groß, breit, unaufhaltsam, mit Menschen, Fahrzeugen, Pflastersteinen, Laternenpfählen, Litfaßsäulen, ich weiß nicht, wohin und wozu. Die Stadt stand nicht, sondern lief. Nichts stand. Große Fabriken qualmten aus riesigen Schornsteinen den Himmel an. In sekundenkurzen Pausen hielt ich die Augen geschlossen, um die Melodien dieses Lebens zu hören. Es war eine greuliche Musik; sie klang so wie die Melodie eines verrückt gewordenen ungeheuren Leierkastens, dessen Walzen durcheinandergeraten waren. Diese Musik aber reizte auf. Es war nur häßlicher, nicht falscher Rhythmus. Eine Weile schrie ich im Rhythmus mit, dann erwachte ich.

Als ich wach war, wunderte ich mich, daß ich eigentlich nicht mehr Teil der Stadt war, sondern gänzlich losgelöst von ihr und lächerlicher Bewohner eines lächerlichen Städtchens. Was war ich denn eigentlich? Der Mann unterm Fenster. Freund, sagte ich zu mir, begrabe dieses Mädchen, das ohnehin nicht mehr lebt, und gib dich mit dem Leben ab. Wichtig ist das Leben. Es hätte vielleicht mehr Sinn (nach den gültigen Regeln menschlicher Vernunft hätte es mehr Sinn), zu dem Mädchen hinaufzugehen und tagsüber an ihrem Bett zu sitzen und des Abends mit ihr am Fenster und ihr ein bißchen von dem ungeheuren Chaosrasseln mitzubringen und dem vielen roten Blut, das durch die Adern der Welt floß.

Aber wichtiger ist das Leben.

Indem ich so grausam zu mir sprach, versuchte ich, den Schmerz zu begraben. Ich begrub ihn unter einem Wall von Grausamkeit.

Ich fuhr in der einzigen Droschke der Stadt, in der ich gekommen war, zurück. Anna hatte ich nichts gesagt.

Es war später Nachmittag. Die Sonne rann in goldenen breiten Strömen. Der Bahnhof kauerte, wie eine große gelbe Katze, in der Sonne. Die Schienenstränge liefen weit in die Welt, eisern umspannten sie die Erde.

Als ich im Zug saß und zum Fenster hinaussah, war ich bereits von der Stadt und von den letzten Wochen durch Grausamkeit, Freude, Kraft getrennt.

Mochte der Briefträger sich einen Rausch antrinken, der Postmeister mit seinen Tschinellen klirren, der Reisende nach Pomade duften. Der Kellner Ignatz feuchte Hände haben.

Anna seine Geliebte werden.

Und das Mädchen am Fenster? –

Es kann sterben! – sagte ich und schäme mich nicht, zu gestehen, daß ich mich bei dieser Gelegenheit über meine Gesundheit freute.

Was war das für eine Krankheit, in der ich die letzten Wochen zugebracht hatte? Was war doch mein Freund Abel für ein sentimentaler Kerl? Nie, nie, nie würde ich aus New York wegfahren einer Frau wegen.

Ja, ich will gerade jetzt nach New York fahren, Amerika ist ein herrliches Land. Kein steinerner Bischof hat es gegründet.

Während ich so dachte, pfiff der Zug und tat einen Ruck. In diesem Augenblick trat der lange Eisenbahnassistent mit der roten Kappe aus der Tür seiner Amtsstube auf den Perron. Die Tür war noch eine Weile offen.

Und hinter dem Eisenbahnassistenten kam ein wunderschönes Mädchen. Es war, es war das Mädchen vom Fenster.

„Bleib noch!“ – hörte ich den Eisenbahnbeamten zu ihr sagen. „Ich bin gleich fertig!“

Das Mädchen aber hörte ihn nicht. Es sah mich an. Wir sahen uns an. Sie stand aufrecht, im weißen Kleid, gesund und gar nicht lahm und auch gar nicht schwindsüchtig. Offenbar war sie die Braut des Eisenbahnbeamten oder seine Frau.

Während der Zug noch einmal anzog und leise zu rollen anfing, winkte ich und sah dem Mädchen in die Augen. Nur dieses Blickes wegen habe ich diese Geschichte geschrieben.

Im Kupee war mir, als hätte ich die Pflicht, zu weinen. Ich aber lachte, sah, wie auf dem Felde ein Hirt seinen Hund schlug, ein Streckenwächter mit dem Signal strammstand, seine Frau Wäsche trocknete und ein kleiner Landwagen auf einem Feldweg torkelte.

„Das Leben ist sehr wichtig!" lachte ich. „Sehr wichtig!" und fuhr nach New York.

## Stationschef Fallmerayer

*1*

Das merkwürdige Schicksal des österreichischen Stationschefs Adam Fallmerayer verdient, ohne Zweifel, aufgezeichnet und festgehalten zu werden. Er verlor sein Leben, das, nebenbei gesagt, niemals ein glänzendes – und vielleicht nicht einmal ein dauernd zufriedenes – geworden wäre, auf eine verblüffende Weise. Nach allem, was Menschen voneinander wissen können, wäre es unmöglich gewesen, Fallmerayer ein ungewöhnliches Geschick vorauszusagen. Dennoch erreichte es ihn, es ergriff ihn – und er selbst schien sich ihm sogar mit einer gewissen Wollust auszuliefern.

Seit 1908 war er Stationschef. Er heiratete, kurz nachdem er seinen Posten auf der Station L. an der Südbahn, kaum zwei Stunden von Wien entfernt, angetreten hatte, die brave und ein wenig beschränkte, nicht mehr ganz junge Tochter eines Kanzleirats aus Brünn. Es war eine „Liebesehe" – wie man es zu jener Zeit nannte, in der die sogenannten „Vernunftehen" noch Sitte und Herkommen waren. Seine Eltern waren tot. Fallmerayer folgte, als er heiratete, immerhin einem sehr maßvollen Zuge seines maßvollen Herzens, keineswegs dem Diktat seiner Vernunft. Er zeugte zwei Kinder – Mädchen und Zwillinge. Er hatte einen Sohn erwartet. Es lag in seiner Natur begründet, einen Sohn zu erwarten und die gleichzeitige Ankunft zweier Mädchen als eine peinliche Überraschung, wenn nicht als eine Bosheit Gottes anzusehen. Da er aber materiell gesichert und pensionsberechtigt war, gewöhnte er sich, kaum waren drei Monate seit der Geburt verflossen, an die Freigebigkeit der Natur, und er begann, seine Kinder zu lieben. Zu lieben: das heißt: sie mit der überlieferten bürgerlichen Gewissenhaftigkeit eines Vaters und braven Beamten zu versorgen.

An einem Märztag des Jahres 1914 saß Adam Fallmerayer, wie gewöhnlich, in seinem Amtszimmer. Der Telegraphenapparat tickte unaufhörlich. Und draußen regnete es. Es war ein verfrühter Regen. Eine Woche vorher hatte man noch den Schnee von den Schienen schaufeln müssen, und die Züge waren mit erschrecklicher Verspätung angekommen und abgefahren. Eines Nachts, auf einmal, hatte der Regen angefangen. Der Schnee verschwand. Und gegenüber der kleinen Station, wo die unerreichbare blendende Herrlichkeit des Alpenschnees die ewige Herrschaft des Winters versprochen zu haben schien, schwebte seit einigen Tagen ein unnennbarer, ein namenloser graublauer Dunst: Wolke, Himmel, Regen und Berge in einem.

Es regnete, und die Luft war lau. Niemals hatte der Stationschef Fallmerayer einen so frühen Frühling erlebt. An seiner winzigen Station pflegten die Expreßzüge, die nach dem Süden fuhren, nach Meran, nach Triest, nach Italien, niemals zu halten. An Fallmerayer, der zweimal täglich mit leuchtend roter Kappe grüßend auf den Perron trat, rasten die Expreßzüge hemmungslos vorbei; sie degradierten beinahe den Stationschef zu einem Bahnwärter. Die Gesichter der Passagiere an den großen Fenstern verschwammen zu einem grauweißen Brei. Der Stationschef Fallmerayer hatte selten das Angesicht eines Passagiers sehen können, der nach dem Süden fuhr. Und der „Süden“ war für den Stationschef mehr als lediglich eine geographische Bezeichnung. Der „Süden“ war das Meer, ein Meer aus Sonne, Freiheit und Glück.

Eine Freikarte für die ganze Familie in der Ferienzeit gehörte gewißlich zu den Rechten eines höheren Beamten der Südbahn. Als die Zwillinge drei Jahre alt gewesen waren, hatte man mit ihnen eine Reise nach Bozen gemacht. Man fuhr mit dem Personenzug eine Stunde bis zu der Station, in der die hochmütigen Expreßzüge hielten, stieg ein, stieg aus – und war noch lange nicht im Süden. Vier Wochen dauerte der Urlaub. Man sah die reichen Menschen der ganzen Welt – und es war, als seien diejenigen, die man gerade sah, zufällig auch die reichsten. Einen Urlaub hatten sie nicht. Ihr ganzes Leben war ein einziger Urlaub. So weit man sah – weit und breit – hatten die reichsten Leute der Welt auch keine Zwillinge; besonders nicht Mädchen. Und überhaupt: die reichen Leute waren es erst, die den Süden nach dem Süden brachten. Ein Beamter der Südbahn lebte ständig mitten im Norden.

Man fuhr also zurück und begann seinen Dienst von neuem. Der Morseapparat tickte unaufhörlich. Und der Regen regnete.

Fallmerayer sah von seinem Schreibtisch auf. Es war fünf Uhr nachmittags. Obwohl die Sonne noch nicht untergegangen war, dämmerte es bereits, vom Regen kam es. Auf den gläsernen Vorsprung des Perrondachs trommelte der Regen ebenso unaufhörlich, wie der Telegraphenapparat zu ticken pflegte – und es war eine gemütliche, unaufhörliche Zwiesprache der Technik mit der Natur. Die großen bläulichen Quadersteine unter dem Glasdach des Perrons waren trocken. Die Schienen aber – und zwischen den Schienenpaaren die winzigen Kieselsteine – funkelten trotz der Dunkelheit im nassen Zauber des Regens.

Obwohl der Stationschef Fallmerayer keine phantasiebegabte Natur war, schien es ihm dennoch, daß dieser Tag ein ganz besonderer Schicksalstag sei, und er begann, wie er so zum Fenster hinausblickte, wahrhaftig zu zittern. In sechsunddreißig Minuten erwartete er den Schnellzug nach Meran. In sechsunddreißig Minuten – so schien es Fallmerayer – würde die Nacht vollkommen sein – eine fürchterliche Nacht. Über seiner Kanzlei, im ersten Stock, tobten die Zwillinge, wie gewöhnlich; er hörte ihre trippelnden, kindlichen und dennoch ein wenig brutalen Schritte. Er machte das Fenster auf. Es war nicht mehr kalt. Der Frühling kam über die Berge gezogen. Man hörte die Pfiffe rangierender Lokomotiven, wie jeden Tag, und die Rufe der Eisenbahnarbeiter und den dumpf scheppernden Anschlag der verkoppelten Waggons. Dennoch hatten heute die Lokomotiven einen besonderen Pfiff – so war es Fallmerayer. Er war ein ganz gewöhnlicher Mensch. Und nichts schien ihm sonderbarer, als daß er an diesem Tage in all den gewohnten, keineswegs überraschenden Geräuschen die unheimliche Stimme eines ungewöhnlichen Schicksals zu vernehmen glaubte. In der Tat aber ereignete sich an diesem Tage die unheimliche Katastrophe, deren Folgen das Leben Adam Fallmerayers vollständig verändern sollten.

## 2

Der Expreßzug hatte schon von B. aus eine geringe Verspätung angekündigt. Zwei Minuten, bevor er auf der Station L. einlaufen sollte, stieß er infolge einer falsch gestellten Weiche auf einen wartenden Lastzug. Die Katastrophe war da.

Mit eilig ergriffener und völlig zweckloser Laterne, die irgendwo auf dem Bahnsteig gestanden hatte, lief der Stationschef Fallmerayer die Schienen entlang dem Schauplatz des Unglücks entgegen. Er hatte das Bedürfnis gefühlt, irgendeinen Gegenstand zu ergreifen. Es schien ihm unmöglich, mit leeren, gewissermaßen unbewaffneten Händen dem Unheil entgegenzurennen. Er rannte zehn Minuten, ohne Mantel, die ständigen Peitschenhiebe des Regens auf Nacken und Schultern.

Als er an der Unglücksstelle ankam, hatte man die Bergung der Toten, der Verwundeten, der Eingeklemmten bereits begonnen. Es fing an, heftiger noch zu dunkeln, so, als beeilte sich die Nacht selber, zum ersten Schrecken zurechtzukommen und ihn zu vergrößern. Die Feuerwehr aus dem Städtchen kam mit Fackeln, die mit Geprassel und Geknister dem Regen mühsam standhielten. Dreizehn Waggons lagen zertrümmert auf den Schienen. Den Lokomotivführer wie den Heizer – sie waren beide tot – hatte man bereits fortgeschafft. Eisenbahner und Feuerwehrmänner und Passagiere arbeiteten mit wahllos aufgelesenen Werkzeugen an den

Trümmern. Die Verwundeten schrien jämmerlich, der Regen rauschte, die Fackelfeuer knisterten. Den Stationschef fröstelte im Regen. Seine Zähne klapperten. Er hatte die Empfindung, daß er etwas tun müsse wie die andern, und gleichzeitig Angst, man würde es ihm verwehren zu helfen, weil er selbst das Unheil verschuldet haben könnte. Dem und jenem unter den Eisenbahnern, die ihn erkannten und im Eifer der Arbeit flüchtig grüßten, versuchte Fallmerayer mit tonloser Stimme irgend etwas zu sagen, was ebensogut ein Befehl wie eine Bitte um Verzeihung hätte sein können. Aber niemand hörte ihn. So überflüssig in der Welt war er sich noch niemals vorgekommen. Und schon begann er zu beklagen, daß er sich nicht selbst unter den Opfern befinde, als sein ziellos umherirrender Blick auf eine Frau fiel, die man soeben auf eine Tragbahre gelegt hatte. Da lag sie nun, von den Helfern verlassen, von denen sie gerettet worden war, die großen dunklen Augen auf die Fackeln in ihrer nächsten Nähe gerichtet, mit einem silbergrauen Pelz bis zu den Hüften zugedeckt und offenbar nicht imstande, sich zu rühren. Auf ihr großes, blasses und breites Angesicht fiel der unermüdliche Regen, und das schwankende Feuer der Fackeln zuckte darüber hin. Das Angesicht selbst leuchtete, ein nasses, silbernes Angesicht, im zauberhaften Wechsel von Flamme und Schatten. Die langen, weißen Hände lagen über dem Pelz, regungslos auch sie, zwei wunderbare Leichen. Es schien dem Stationsvorsteher, daß diese Frau auf der Bahre auf einer großen, weißen Insel aus Stille ruhe, mitten in einem betäubenden Meer von Lärm und Geräusch, und daß sie sogar Stille verbreite. In der Tat war es, als ob all die hurtigen und geschäftigen Menschen einen Bogen um die Bahre machen wollten, auf der die Frau ruhte. War sie schon gestorben? Brauchte man sich nicht mehr um sie zu kümmern? Der Stationschef Fallmerayer näherte sich langsam der Bahre.

Die Frau lebte noch. Unverletzt war sie geblieben. Als Fallmerayer sich zu ihr niederbeugte, sagte sie, ohne seine Frage abzuwarten – ja sogar wie in einer gewissen Angst vor seinen Fragen –, ihr fehle nichts, sie glaube, sie könne aufstehen. Sie habe höchstens lediglich den Verlust ihres Gepäcks zu beklagen. Sie könne sich bestimmt erheben. Und sie machte sofort Anstalten aufzustehn. Fallmerayer half ihr. Er nahm den Pelz mit der Linken, umfaßte die Schulter der Frau mit der Rechten, wartete, bis sie sich erhob, legte den Pelz um ihre Schultern, hierauf den Arm um den Pelz, und so gingen sie beide, ohne ein Wort, ein paar Schritte über Schienen und Geröll in das nahe Häuschen eines Weichenwärters, die wenigen Stufen hinauf, in die trockene, lichtvolle Wärme.

„Hier bleiben Sie ein paar Minuten ruhig sitzen", sagte Fallmerayer. „Ich habe draußen zu tun. Ich komme gleich wieder."

Im selben Augenblick wußte er, daß er log, und er log wahrscheinlich zum erstenmal in seinem Leben. Dennoch war ihm die Lüge selbstverständlich. Und obwohl er in dieser Stunde nichts sehnlicher gewünscht hätte als bei der Frau zu bleiben, wäre es ihm doch fürchterlich gewesen, in ihren Augen als ein Nutzloser zu erscheinen, der nichts anderes zu tun hatte, während draußen tausend Hände halfen und retteten. Er begab sich also eilig hinaus – und fand, zu seinem eigenen Erstaunen, jetzt den Mut und die Kraft zu helfen, zu retten, hier einen Befehl zu erteilen und dort einen Rat, und obwohl er die ganze Zeit, während er half, rettete und schaffte, an die Frau im Häuschen denken mußte, und obwohl die Vorstellung, er könnte sie später nicht wiedersehn, grausam war und grauenhaft, blieb er dennoch tätig auf dem Schauplatz der Katastrophe, aus Angst, er könnte viel zu früh zurückkehren und also seine Nutzlosigkeit vor der Fremden beweisen. Und als verfolgten ihn ihre Blicke und feuerten ihn an, gewann er sehr schnell Vertrauen zu seinem Wort und zu seiner Vernunft, und er erwies sich als flinker, kluger und mutiger Helfer.

Also arbeitete er zwei Stunden etwa, ständig denkend an die wartende Fremde. Nachdem Arzt und Sanitäter den Verletzten die notwendige Hilfe geleistet hatten, machte sich Fallmerayer daran, in das Häuschen des Weichenstellers zurückzukehren. Dem Doktor, den er kannte, sagte er hastig, drüben sei noch ein Opfer der Katastrophe. Nicht ganz ohne Selbstbewußtsein betrachtete er seine zerschürften Hände und seine beschmutzte Uniform. Er führte den Arzt in die Stube des Weichenwärters und begrüßte die Fremde, die sich nicht von ihrem Platz gerührt zu haben schien, mit dem fröhlich-selbstverständlichen Lächeln, mit dem man längst Vertrauten wiederzubegegnen pflegt.

„Untersuchen Sie die Dame!“ sagte er zum Arzt. Und er selbst wandte sich zur Tür.

Er wartete ein paar Minuten draußen. Der Arzt kam und sagte: „Ein kleiner Schock, nichts weiter. Am besten, sie bleibt hier. Haben Sie Platz in Ihrer Wohnung?“

„Gewiß, gewiß!“ – antwortete Fallmerayer. Und gemeinsam führten sie die Fremde in die Station, die Treppe hinauf, in die Wohnung des Stationschefs.

„In drei, vier Tagen ist sie völlig gesund“ – sagte der Arzt.

In diesem Augenblick wünschte Fallmerayer, es möchten viel mehr Tage vergehen.

## 3

Der Fremden überließ Fallmerayer sein Zimmer und sein Bett. Die Frau des Stationsvorstehers handelte geschäftig zwischen der Kranken und den Kindern. Zweimal täglich kam Fallmerayer selbst. Die Zwillinge wurden zu strenger Ruhe angehalten.

Einen Tag später waren die Spuren des Unglücks beseitigt, die übliche Untersuchung eingeleitet, Fallmerayer vernommen, der schuldige Weichensteller vom Dienst entfernt. Zweimal täglich rasten die Expreßzüge, wie bisher, am grüßenden Stationschef vorbei.

Am Abend nach der Katastrophe erfuhr Fallmerayer den Namen der Fremden: es war eine Gräfin Walewska, Russin, aus der Umgebung von Kiew, auf der Fahrt von Wien nach Meran begriffen. Ein Teil ihres Gepäcks fand sich und wurde ihr zugestellt: braune und schwarze lederne Koffer. Sie rochen nach Juchten und unbekanntem Parfüm. So roch es nun in der ganzen Wohnung Fallmerayers.

Er schlief jetzt – da man sein Bett der Fremden gegeben hatte – nicht in seinem Schlafzimmer, neben Frau Fallmerayer – sondern unten, in seinem

Dienstzimmer. Das heißt: er schlief überhaupt nicht. Er lag wach. Am Morgen gegen neun Uhr betrat er das Zimmer, in dem die fremde Frau lag. Er fragte, ob sie gut geschlafen und gefrühstückt habe, ob sie sich wohlfühle. Ging mit frischen Veilchen zu der Vase auf der Konsole wo die alten gestern gestanden hatten, entfernte die alten Blumen, setzte die neuen in frisches Wasser und blieb dann am Fußende des Bettes stehen. Vor ihm lag die fremde Frau, auf seinem Kissen, unter seiner Decke. Er murmelte etwas Undeutliches. Mit großen, dunklen Augen, einem weißen, starken Angesicht, das weit war wie eine fremde und süße Landschaft, auf den Kissen, unter der Decke des Stationsvorstehers, lag die fremde Frau. „Setzen Sie sich doch" – sagte sie, jeden Tag zweimal. Sie sprach das harte und fremde Deutsch einer Russin, eine tiefe, fremde Stimme. Alle Pracht der Weite und des Unbekannten war in ihrer Kehle.

Fallmerayer setzte sich nicht. „Entschuldigen schon, ich hab' viel zu tun" – sagte er, machte kehrt und entfernte sich.

Sechs Tage ging es so. Am siebenten riet der Doktor der Fremden, weiterzufahren. Ihr Mann erwartete sie in Meran. Sie fuhr also und hinterließ in allen Zimmern und besonders im Bett Fallmerayers einen unauslöschbaren Duft von Juchten und einem namenlosen Parfüm.

## 4

Dieser merkwürdige Duft blieb im Hause, im Gedächtnis, ja, man könnte sagen, im Herzen Fallmerayers viel länger haften als die Katastrophe. Und während der folgenden Wochen, in denen die langwierigen Untersuchungen über genauere Ursachen und detaillierteren Hergang des Unglücks ihren vorschriftsmäßigen Verlauf nahmen und Fallmerayer ein paarmal einvernommen wurde, hörte er nicht auf, an die fremde Frau zu denken, und wie betäubt von dem Geruch, den sie rings um ihn und in ihm hinterlassen hatte, gab er beinahe verworrene Auskünfte auf präzise Fragen. Wäre sein Dienst nicht verhältnismäßig einfach gewesen und er seit Jahren nicht bereits selbst zu einem fast mechanischen Bestandteil des Dienstes geworden, er hätte ihn nicht mehr guten Gewissens versehen können. Im stillen hoffte er von einer Post zur andern auf eine Nachricht der Fremden. Er zweifelte nicht daran, daß sie noch einmal schreiben würde, wie es sich schickte, um für die Gastfreundschaft zu danken. Und eines Tages traf wirklich ein großer dunkelblauer Brief aus Italien ein. Die Walewska schrieb, daß sie mit ihrem Mann weiter südwärts gefahren sei. Augenblicklich befände sie sich in Rom. Nach Sizilien wollten sie und ihr Mann fahren. Für die Zwillinge Fallmerayers kam einen Tag später ein niedlicher Korb mit Früchten und vom Mann der Gräfin Walewska für die Frau des Stationschefs ein Paket sehr zarter und duftender blasser Rosen. Es hätte lange gedauert, schrieb die Gräfin, ehe sie Zeit gefunden habe, ihren gütigen Wirten zu danken, aber sie sei auch eine längere Zeit nach ihrer Ankunft in Meran erschüttert und der Erholung bedürftig gewesen. Die Früchte und die Blumen brachte Fallmerayer sofort in seine Wohnung. Den Brief aber, obwohl er einen Tag früher angekommen war, behielt der Stationschef noch etwas länger. Sehr stark dufteten Früchte und Rosen aus dem Süden, aber Fallmerayer war es, als röche der Brief der Gräfin noch kräftiger. Es war ein kurzer Brief. Fallmerayer kannte ihn auswendig. Er wußte genau, welche Stelle jedes Wort einnahm. Mit lila Tinte, in großen, fliegenden Zügen geschrieben, nahmen sich die Buchstaben aus wie eine schöne Schar fremder, seltsam gefiederter, schlanker Vögel, dahinschwebend auf tiefblauem Himmelsgrund. „Anja Walewska" lautete die Unterschrift. Auf den Vornamen der Fremden, nach dem er sie zu fragen niemals gewagt hatte, war er längst begierig gewesen, als wäre ihr Vorname einer ihrer verborgenen körperlichen Reize. Nun, da er ihn kannte, war es ihm eine Weile, als hätte sie ihm ein süßes Geheimnis geschenkt. Und aus Eifersucht, um es für sich allein zu bewahren, entschloß er sich, erst zwei Tage später den Brief seiner Frau zu zeigen. Seitdem er den Vornamen der Walewska wußte, kam es ihm zum Bewußtsein, daß der seiner Frau – sie hieß Klara – nicht schön war. Als er nun sah, mit welch gleichgültigen Händen Frau Klara den Brief der Fremden entfaltete, kamen ihm auch die fremden Hände der Schreiberin in Erinnerung – so, wie er sie zum erstenmal erblickt hatte, über dem Pelz, regungslose Hände, zwei schimmernde, silberne Hände. Damals hätte ich sie küssen sollen – dachte er einen Augenblick. „Ein sehr netter Brief" – sagte seine Frau und legte den Brief weg. Ihre Augen waren stahlblau und pflichtbewußt, nicht einmal bekümmert. Frau Klara Fallmerayer besaß die Fähigkeit, sogar Sorgen als Pflichten zu werten und im Kummer eine Genugtuung zu finden. Das glaubte Fallmerayer – dem derlei Überlegungen oder Einfälle immer fremd gewesen waren – auf einmal zu erkennen. Und er schützte heute nacht eine dringende dienstliche Obliegenheit vor, mied das gemeinsame Zimmer und legte sich unten im Dienstraum schlafen und versuchte sich einzureden, oben, über ihm, in seinem Bett, schliefe noch immer die Fremde.

Die Tage vergingen, die Monate. Aus Sizilien flogen noch zwei bunte Ansichtskarten heran, mit flüchtigen Grüßen. Der Sommer kam, ein heißer Sommer. Als die Zeit des Urlaubs herannahte, beschloß Fallmerayer, nirgends hinzufahren. Frau und Kinder schickte er in eine Sommerfrische nach Österreich. Er blieb und versah seinen Dienst weiter. Zum erstenmal seit seiner Verheiratung war er von seiner Frau getrennt. Im stillen hatte er sich zuviel von dieser Einsamkeit versprochen. Erst als er allein geblieben war, begann er zu merken, daß er keineswegs allein hatte sein wollen. Er kramte in allen Fächern; er suchte nach dem Brief der fremden Frau. Aber er fand ihn nicht mehr. Frau Fallmerayer hatte ihn vielleicht längst vernichtet.

Frau und Kinder kamen zurück, der Juli ging zu Ende.

Da war die allgemeine Mobilisierung da.

## *5*

Fallmerayer war Fähnrich in der Reserve im einundzwanzigsten Jägerbataillon. Da er einen verhältnismäßig wichtigen Posten versah, wäre es ihm, wie mehreren seiner Kollegen, möglich gewesen, noch eine Weile im Hinterland zu bleiben. Allein Fallmerayer legte seine Uniform an, packte seinen Koffer, umarmte seine Kinder, küßte seine Frau und fuhr zu seinem Kader. Dem Bahnassistenten übergab er den Dienst. Frau Fallmerayer weinte, die Zwillinge jubelten, weil sie ihren Vater in einer ungewohnten Kleidung sahen. Frau Fallmerayer verfehlte nicht, stolz auf ihren Mann zu sein – aber erst in der Stunde der Abfahrt. Sie unterdrückte die Tränen. Ihre blauen Augen waren erfüllt von bitterem Pflichtbewußtsein.

Was den Stationschef selbst betraf, so empfand er erst, als er mit einigen Kameraden in einem Abteil geblieben war, die grausame Entschiedenheit dieser Stunden. Dennoch glaubte er zu fühlen, daß er sich durch eine ganz unbestimmte Heiterkeit von all den in seinem Abteil anwesenden Offizieren unterschied. Es waren Reserveoffiziere. Jeder von ihnen hatte ein geliebtes Haus verlassen. Und jeder von ihnen war in dieser Stunde begeisterter Soldat. Jeder zugleich auch ein trostloser Vater, ein trostloser Sohn. Fallmerayer allein schien es, daß ihn der Krieg aus einer aussichtslosen Lage befreit hatte. Seine Zwillinge kamen ihm gewiß bedauernswert vor. Auch seine Frau. Gewiß, auch seine Frau. Während aber die Kameraden, begannen sie von der Heimat zu sprechen, alle zärtliche Herzlichkeit, deren sie fähig sein mochten, in Mienen und Gebärden offenbarten, war es Fallmerayer, als müßte er, um es ihnen gleichzutun, sobald er von den Seinen zu erzählen begann, wenn auch keine lügnerische, so doch eine übertriebene Bangigkeit in Blick und Stimme legen. Und eigentlich hatte er eher Lust, mit den Kameraden von der Gräfin Walewska zu sprechen, als von seinem Haus. Er zwang sich zu schweigen. Und es kam ihm vor, daß er doppelt log: einmal, weil er verschwieg, was ihn im Innersten bewegte, und zweitens, weil er hie und da von seiner Frau und seinen Kindern erzählte – von denen er in dieser Stunde viel weiter entfernt war als von der Gräfin Walewska, der Frau eines feindlichen Landes. Er begann, sich ein wenig zu verachten.

## 6

Er rückte ein. Er ging ins Feld. Er kämpfte. Er war ein tapferer Soldat. Er schrieb die üblichen herzlichen Feldpostbriefe nach Haus. Er wurde ausgezeichnet, zum Leutnant ernannt. Er wurde verwundet. Er kam ins Lazarett. Er hatte Anspruch auf Urlaub. Er verzichtete und ging wieder ins Feld. Er kämpfte im Osten. In freien Stunden, zwischen Gefecht, Inspizierung, Sturmangriff, begann er, aus zufällig gefundenen Büchern Russisch zu lernen. Beinahe mit Wollust. Mitten im Gestank des Gases, im Geruch des Bluts, im Regen, im Sumpf, im Schlamm, im Schweiß der Lebendigen, im Dunst der faulenden Kadaver verfolgte Fallmerayer der fremde Duft von Juchten und das namenlose Parfüm der Frau, die einmal in seinem Bett, auf seinem Kissen, unter seiner Decke gelegen hatte. Er lernte die Muttersprache dieser Frau und stellte sich vor, er spräche mit ihr, in ihrer Sprache. Zärtlichkeiten lernte er, Verschwiegenheiten, kostbare russische Zärtlichkeiten. Er sprach mit ihr. Durch einen ganzen großen Weltkrieg war er von ihr getrennt, und er sprach mit ihr. Mit kriegsgefangenen Russen unterhielt er sich. Mit hundertfach geschärftem Ohr vernahm er die zartesten Tönungen, und mit geläufiger Zunge sprach er sie nach. Mit jedem neuen Klang der fremden Sprache, den er lernte, kam er der fremden Frau näher. Nichts mehr wußte er von ihr, als was er zuletzt von ihr gesehn hatte: flüchtigen Gruß und flüchtige Unterschrift auf einer banalen Ansichtskarte. Aber für ihn lebte sie; auf ihn wartete sie; bald sollte er mit ihr sprechen.

Er kam, weil er Russisch konnte, als sein Bataillon an die Südfront abkommandiert wurde, zu einem der Regimenter, die eine kurze Zeit später in die sogenannte Okkupationsarmee eingereiht wurden. Fallmerayer wurde zuerst als Dolmetsch zum Divisionskommando versetzt, hierauf zur „Kundschafter- und Nachrichtenstelle“. Er gelangte schließlich in die Nähe von Kiew.

## 7

Den Namen Solowienki hatte er wohl behalten. Mehr als behalten: vertraut und heimisch war ihm dieser Name geworden.

Ein leichtes war es, den Namen des Gutes herauszufinden, das der Familie Walewski gehörte. Solowki hieß es und lag drei Werst südlich von Kiew. Fallmerayer geriet in süße, beklemmende und schmerzliche Erregung. Er hatte das Gefühl einer unendlichen Dankbarkeit gegen das Schicksal, das ihn in den Krieg und hierher geführt hatte, und zugleich eine namenlose Angst vor allem, was es ihm jetzt erst zu bereiten begann. Krieg, Sturmangriff, Verwundung, Todesnähe: es waren ganz blasse Ereignisse, verglichen mit jenem, das ihm nun bevorstand. Lediglich eine

– wer weiß: vielleicht unzulängliche – Vorbereitung für die Begegnung mit der Frau war alles gewesen. War er wirklich für alle Fälle gerüstet? War sie überhaupt in ihrem Hause? Hatte sie nicht der Einmarsch der feindlichen Armee in gesichertere Gegenden getrieben? Und wenn sie zu Hause lebte, war ihr Mann mit ihr? Man mußte auf alle Fälle hingehn und sehn.

Fallmerayer ließ einspannen und fuhr los.

Es war ein ziemlich früher Morgen im Mai. Man fuhr im leichten zweirädrigen Wägelchen an blühenden Wiesen vorbei, auf gewundener, sandiger Landstraße, durch eine fast unbewohnte Gegend. Soldaten marschierten klappernd und rasselnd dahin, zu den üblichen Exerzierübungen. Im lichten und hohen blauen Gewölbe des Himmels verborgen trillerten die Lerchen. Dichte dunkle Flecken kleiner Tannenwäldchen wechselten ab mit dem hellen, fröhlichen Silber der Birken. Und der Morgenwind brachte aus weiter Ferne abgebrochenen Gesang der Soldaten aus entlegenen Baracken. Fallmerayer dachte an seine Kindheit, an die Natur seiner Heimat. Nicht weit von der Station, an der er bis zum Kriege Dienst getan hatte, war er geboren worden und aufgewachsen. Auch sein Vater war Bahnbeamter gewesen, niederer Bahnbeamter, Magazineur. Die ganze Kindheit Fallmerayers war, wie sein späteres Leben, erfüllt gewesen von den Geräuschen und Gerüchen der Eisenbahn wie von denen der Natur. Die Lokomotiven pfiffen und hielten Zwiesprach mit dem Jubel der Vögel. Der schwere Dunst der Steinkohle lagerte über dem Duft der blühenden Felder. Der graue Rauch der Bahnen verschwamm mit dem blauen Gewölk über den Bergen zu einem einzigen Nebel aus süßer Wehmut und Sehnsucht. Wie anders war diese Welt hier, heiter und traurig in einem, keine heimliche Güte mehr auf mildem, sanftem Abhang, spärlicher Flieder hier, keine vollen Dolden mehr hinter sauber gestrichenen Zäunen. Niedere Hütten mit breiten, tiefen Dächern aus Stroh, wie Kapuzen, winzige Dörfer, verloren in der Weite und sogar in dieser übersichtlichen Fläche noch gleichsam verborgen. Wie verschieden waren die Länder! Waren es auch die menschlichen Herzen? Wird sie mich auch begreifen? – fragte sich Fallmerayer. Wird sie mich auch begreifen? – Und je näher er dem Gute der Walewskis kam, desto heftiger loderte die Frage in seinem Herzen. Je näher er kam, desto sicherer schien es ihm auch, daß die Frau zu Hause war. Bald zweifelte er gar nicht mehr daran, daß ihn noch Minuten nur von ihr trennten. Ja, sie war zu Hause.

Gleich am Anfang der schütteren Birkenallee, die den sachten Aufstieg zum Herrenhaus ankündigte, sprang Fallmerayer aus dem Wagen. Zu Fuß legte er den Weg zurück, damit es noch ein wenig länger dauere. Ein alter Gärtner fragte nach seinen Wünschen. Er möchte die Gräfin sehen, sagte Fallmerayer. Er wolle es ausrichten, meinte der Mann, entfernte sich langsam und kam bald wieder. Ja, die Frau Gräfin war da und erwartete den Besuch.

Die Walewska erkannte Fallmerayer selbstverständlich nicht. Sie hielt ihn für einen der vielen militärischen Besucher, die sie in der letzten Zeit hatte empfangen müssen. Sie bat ihn, sich zu setzen. Ihre Stimme, tief, dunkel, fremd, erschreckte ihn und war ihm wohlvertraut zugleich, ein heimlicher Schauder, ein wohlbekannter, liebevoll begrüßter, seit undenklichen Jahren sehnsüchtig erwarteter Schrecken. „Ich heiße Fallmerayer!“ sagte der Offizier. – Sie hatte natürlich den Namen vergessen. „Sie erinnern sich“ – begann er wieder – „ich bin der Stationschef von L.“ Sie trat näher zu ihm, faßte seine Hände, er roch ihn wieder, den Duft, der ihn undenkliche Jahre verfolgt, umgeben, gehegt, geschmerzt und getröstet hatte. Ihre Hände lagen einen Augenblick auf den seinen. „Oh, erzählen Sie, erzählen Sie!“ – rief die Walewska. Er erzählte kurz, wie es ihm ging. „Und Ihre Frau, Ihre Kinder?“ – fragte die Gräfin. „Ich habe sie nicht mehr gesehen!“ – sagte Fallmerayer. „Ich habe nie Urlaub genommen.“

Hierauf entstand eine kleine Stille. Sie sahen sich an. In dem breiten und niederen, weiß getünchten und fast kahlen Zimmer lag die Sonne des jungen Vormittags golden und satt. Fliegen summten an den Fenstern. Fallmerayer sah still auf das breite, weiße Angesicht der Gräfin. Vielleicht verstand sie ihn. Sie erhob sich, um eine Gardine vor das mittlere der drei Fenster zu ziehen. „Zu hell?“ – fragte sie. „Lieber dunkel!“ – antwortete

Fallmerayer. Sie kam an das Tischchen zurück, rührte ein Glöckchen, der alte Diener kam; sie bestellte Tee. Die Stille zwischen ihnen wich nicht: sie wuchs im Gegenteil, bis man den Tee brachte. Fallmerayer rauchte. Während sie ihm den Tee einschenkte, fragte er plötzlich: „Und wo ist Ihr Mann?“

Sie wartete, bis sie die Tasse gefüllt hatte, als müßte sie erst eine sehr vorsorgliche Antwort überlegen. „An der Front natürlich!“ sagte sie dann. „Ich höre seit drei Monaten nichts mehr von ihm. Wir können ja jetzt nicht korrespondieren!“ – „Sind Sie sehr in Sorge?“ – fragte Fallmerayer. „Gewiß“, erwiderte sie, „nicht weniger als Ihre Frau um Sie wahrscheinlich.“ – „Verzeihen Sie, Sie haben recht, ich war recht dumm“ – sagte Fallmerayer. Er blickte auf die Teetasse.

Sie hätte sich geweigert, erzählte die Gräfin weiter, das Haus zu verlassen. Andere seien geflohen. Sie fliehe nicht, vor ihren Bauern nicht und auch nicht vor dem Feind. Sie lebe hier mit vier Dienstboten, zwei Reitpferden und einem Hund. Geld und Schmuck habe sie vergraben. Sie suchte lange nach einem Wort, sie wußte nicht, wie man „vergraben“ auf deutsch sage, und zeigte auf die Erde. Fallmerayer sagte das russische Wort. „Sie können Russisch?“ – fragte sie. „Ja“ – sagte er – „ich habe es gelernt, im Felde gelernt.“ Und auf russisch fügte er hinzu: „Ihretwegen, für Sie, um einmal mit Ihnen sprechen zu können, habe ich Russisch gelernt.“

Sie bestätigte ihm, daß er vorzüglich spreche, so, als hätte er seinen inhaltsschweren Satz nur gesprochen, um seine sprachlichen Fähigkeiten zu beweisen. Auf diese Weise verwandelte sie sein Geständnis in eine bedeutungslose Stilübung. Aber gerade diese ihre Antwort bewies ihm, daß sie ihn gut verstanden habe.

Nun will ich gehen – dachte er. Er stand auch sofort auf. Und ohne ihre Einladung abzuwarten und wohl wissend, daß sie seine Unhöflichkeit richtig deuten würde, sagte er: „Ich komme in der nächsten Zeit wieder!“ – Sie antwortete nicht. Er küßte ihre Hand und ging.

## 8

Er ging – und zweifelte nicht mehr daran, daß sein Geschick anfing, sich zu erfüllen. Es ist ein Gesetz – sagte er sich. Es ist unmöglich, daß ein Mensch einem andern so unwiderstehlich entgegengetrieben wird und daß der andere zugeschlossen bleibt. Sie fühlt, was ich fühle. Wenn sie mich noch nicht liebt, so wird sie mich bald lieben.

Mit der gewohnten sicheren Solidität des Beamten und Offiziers erledigte Fallmerayer seine Obliegenheiten. Er beschloß, vorläufig zwei Wochen Urlaub zu nehmen, zum erstenmal, seitdem er eingerückt war. Seine Ernennung zum Oberleutnant mußte in einigen Tagen erfolgen. Diese wollte er noch abwarten.

Zwei Tage später fuhr er noch einmal nach Solowki. Man sagte ihm, die Gräfin Walewska sei nicht zu Hause und würde vor Mittag nicht erwartet. „Nun", sagte er, „so werde ich im Garten so lange bleiben." Und da man nicht wagte, ihn hinauszuweisen, ließ man ihn in den Garten hinter dem Hause.

Er sah zu den zwei Reihen der Fenster hinauf. Er vermutete, daß die Gräfin zu Hause war und sich verleugnen ließ. In der Tat glaubte er, bald hinter diesem, bald hinter jenem Fenster den Schimmer eines hellen Kleides zu sehen. Er wartete geduldig und geradezu gelassen.

Als es zwölf Uhr vom nahen Kirchturm schlug, ging er wieder ins Haus. Frau Walewska war da. Sie kam gerade die Treppe herunter, in einem schwarzen, engen und hochgeschlossenen Kleid, eine dünne Schnur kleiner Perlen um den Kragen und ein silbernes Armband um die enge linke Manschette. Es schien Fallmerayer, daß sie sich seinetwegen gepanzert hatte – und es war, als ob das Feuer, das ewig in seinem Herzen für sie brannte, noch ein neues, ein besonderes kleines Feuerchen geboren habe. Neue Lichter zündete die Liebe an. Fallmerayer lächelte. „Ich habe lange warten müssen", sagte er, „aber ich habe gern gewartet, wie Sie wissen. Ich habe hinten im Garten zu den Fenstern hinaufgeschaut und habe mir eingebildet, daß ich das Glück habe, Sie zu sehn. So ist mir die Zeit vergangen."

Ob er essen wolle, fragte die Gräfin, da es gerade Zeit sei. Gewiß, sagte er, er habe Hunger. Aber von den drei Gängen, die man dann servierte, nahm er nur die lächerlichsten Brocken.

Die Gräfin erzählte vom Ausbruch des Krieges. Wie sie in höchster Eile aus Kairo nach Hause heimgekehrt seien. Vom Garderegiment ihres Mannes. Von dessen Kameraden. Von ihrer Jugend hierauf. Von Vater und Mutter. Von der Kindheit dann. Es war, als suchte sie sehr krampfhaft nach Geschichten und als wäre sie sogar bereit, etwelche zu erfinden – alles nur, um den ohnehin schweigsamen Fallmerayer nicht sprechen zu lassen. Er strich seinen kleinen blonden Schnurrbart und schien genau zuzuhören. Er aber hörte viel stärker auf den Duft, den die Frau ausströmte, als auf die Reden, die sie führte. Seine Poren lauschten. Und, im übrigen: auch ihre Worte dufteten, ihre Sprache. Alles, was sie erzählen konnte, erriet er ohnedies. Nichts von ihr konnte ihm verborgen bleiben. Was konnte sie ihm verbergen? Ihr strenges Kleid schützte ihren Körper keineswegs vor seinem wissenden Blick. Er fühlte die Sehnsucht seiner Hände nach ihr, das Heimweh seiner Hände nach der Frau. Als sie aufstanden, sagte er, daß er noch zu bleiben gedenke, Urlaub habe er heute, einen viel längeren Urlaub nehme er in einigen Tagen, sobald er Oberleutnant geworden sei. Wohin er fahren wolle? – fragte die Gräfin. „Nirgendwohin!“ – sagte Fallmerayer. „Bei Ihnen will ich bleiben!“ Sie lud ihn ein, zu bleiben, solange er wolle – heute und später. Jetzt müsse sie ihn allein lassen und sich im Hause ein wenig umsehen. Wolle er kommen – es gäbe Zimmer genug im Hause – und so viele, daß sie es nicht nötig hätten, einander zu stören.

Er verabschiedete sich. Da sie nicht mit ihm bleiben könne, sagte er, zöge er es vor, in die Stadt zurückzukehren.

Als er in den Wagen stieg, wartete sie auf der Schwelle, im strengen schwarzen Kleid, mit ihrem weiten, hellen Antlitz darüber – und während er die Peitsche ergriff, hob sie sachte die Hand zu einem halben, gleichsam angestrengt gezügelten Gruß.

## 9

Ungefähr eine Woche nach diesem Besuch erhielt der neuernannte Oberleutnant Adam Fallmerayer seinen Urlaub. Allen Kameraden sagte er, er wolle nach Hause fahren. Indessen begab er sich in das Herrenhaus der Walewski, bezog ein Zimmer im Parterre, das man für ihn vorbereitet hatte, aß jeden Tag mit der Frau des Hauses, sprach mit ihr über dies und jenes, Gleichgültiges und Fernes, erzählte von der Front und gab nie acht auf den Inhalt seiner Rede, ließ sich erzählen und hörte nicht zu. In der Nacht schlief er nicht, schlief er ebensowenig wie vor Jahren daheim, im Stationsgebäude, während der sechs Tage, an denen die Gräfin über ihm, in seinem Zimmer, genächtigt hatte. Auch heute ahnte er sie in den Nächten über sich, über seinem Haupt, über seinem Herzen.

Eines Nachts, es war schwül, ein linder, guter Regen fiel, erhob sich Fallmerayer, kleidete sich an und trat vor das Haus. Im geräumigen Treppenhaus brannte eine gelbe Petroleumlaterne. Still war das Haus, still war die Nacht, still war der Regen, er fiel wie auf zarten Sand, und sein eintöniges Singen war der Gesang der nächtlichen Stille selbst. Auf einmal knarrte die Treppe. Fallmerayer hörte es, obwohl er sich vor dem Tor befand. Er sah sich um. Er hatte das schwere Tor offen gelassen. Und er sah die Gräfin Walewska die Treppen hinuntersteigen. Sie war vollkommen angezogen, wie bei Tag. Er verneigte sich, ohne ein Wort zu sagen. Sie kam nahe zu ihm heran. So blieben sie, stumm, ein paar Sekunden. Fallmerayer hörte sein Herz klopfen. Auch war ihm, als klopfe das Herz der Frau so laut wie das seine – und im gleichen Takt mit diesem. Schwül schien auf einmal die Luft geworden zu sein, kein Zug kam durch das offene Tor. Fallmerayer sagte: „Gehen wir durch den Regen, ich hole Ihnen den Mantel!" Und ohne eine Zustimmung abzuwarten, stürzte er in sein Zimmer, kam mit dem Mantel zurück, legte ihn der Frau um die Schultern, wie er ihr einmal den Pelz umgelegt hatte, damals, an dem unvergeßlichen Abend der Katastrophe, und hierauf den Arm um den Mantel. Und so gingen sie in die Nacht und in den Regen.

Sie gingen die Allee entlang, trotz der nassen Finsternis leuchteten silbern die dünnen, schütteren Stämme, wie von einem im Innern entzündeten Licht. Und als erweckte dieser silberne Glanz der zärtlichsten Bäume der Welt Zärtlichkeit im Herzen Fallmerayers, drückte er seinen Arm fester um die Schulter der Frau, spürte durch den harten, durchnäßten Stoff des Mantels die nachgiebige Güte des Körpers, für eine Weile schien es ihm, daß sich ihm die Frau zuneige, ja, daß sie sich an ihn schmiege, und doch war einen hurtigen Augenblick später wieder geraumer Abstand zwischen ihren Körpern. Seine Hand verließ ihre Schultern, tastete sich empor zu ihrem nassen Haar, strich über ihr nasses Ohr, berührte ihr nasses Angesicht. Und im nächsten Augenblick blieben sie beide gleichzeitig stehn, wandten sich einander zu, umfingen sich, der Mantel sank von ihren Schultern nieder und fiel taub und schwer auf die Erde – und so, mitten in Regen und Nacht, legten sie Gesicht an Gesicht, Mund an Mund und küßten sich lange.

## *10*

Einmal sollte Oberleutnant Fallmerayer nach Shmerinka versetzt werden, aber es gelang ihm, mit vieler Anstrengung, zu bleiben. Fest entschlossen war er, zu bleiben. Jeden Morgen, jeden Abend segnete er den Krieg und die Okkupation. Nichts fürchtete er mehr als einen plötzlichen Frieden. Für ihn war der Graf Walewski seit langem tot, an der Front gefallen oder von meuternden kommunistischen Soldaten umgebracht. Ewig hatte der Krieg zu währen, ewig der Dienst Fallmerayers an diesem Ort, in dieser Stellung.

Nie mehr Frieden auf Erden.

Dem Übermut war Fallmerayer eben anheimgefallen, wie es manchen Menschen geschieht, denen das Übermaß ihrer Leidenschaft die Sinne blendet, die Einsicht raubt, den Verstand betört. Allein, schien es ihm, sei er auf der Erde, er und der Gegenstand seiner Liebe. Selbstverständlich aber ging, unbekümmert um ihn, das große und verworrene Schicksal der Welt weiter. Die Revolution kam. Der Oberleutnant und Liebhaber Fallmerayer hatte sie keineswegs erwartet.

Doch schärfte, wie es in höchster Gefahr zu geschehen pflegt, der heftige Schlag der außergewöhnlichen Schicksalsstunde auch seine eingeschläferte Vernunft, und mit verdoppelter Wachsamkeit erkannte er schnell, daß es galt, das Leben der geliebten Frau, sein eigenes, und vor allem ihrer beider Gemeinsamkeit zu retten. Und da ihm, mitten in der Verwirrung, welche die plötzlichen Ereignisse angerichtet hatten, dank seiner militärischen Grade und der besonderen Dienste, die er versah, immer noch einige fürs erste genügende Hilfs- und sogar Machtmittel verblieben waren, bemühte er sich, diese schnell zu nutzen; und also gelang es ihm, innerhalb der ersten paar Tage, in denen die österreichische Armee zerfiel, die deutsche sich aus der Ukraine zurückzog, die russischen Roten ihren Einmarsch begannen und die neuerlich revoltierenden Bauern gegen die Gutshöfe ihrer bisherigen Herren mit Brand und Plünderung anrückten, zwei gut geschützte Autos der Gräfin Walewska zur Verfügung zu stellen, ein halbes Dutzend ergebener Mannschaften mit Gewehren und Munition und einem Mundvorrat für ungefähr eine Woche.

Eines Abends – die Gräfin weigerte sich immer noch, ihren Hof zu verlassen – erschien Fallmerayer mit den Wagen und seinen Soldaten und zwang seine Geliebte mit heftigen Worten und beinahe mit körperlicher Gewalt, den Schmuck, den sie im Garten vergraben hatte, zu holen und sich zur Abreise fertig zu machen. Das dauerte eine ganze Nacht. Als der trübe und feuchte Spätherbstmorgen zu grauen begann, waren sie fertig, und die Flucht konnte beginnen. In dem geräumigeren, von Zeltleinwand überdachten Auto befanden sich die Soldaten. Ein Militärchauffeur lenkte das Personen-Automobil, das dem ersten folgte und in dem die Gräfin und Fallmerayer saßen. Sie hatten beschlossen, nicht westwärts zu fahren, wie damals alle Welt tat, sondern südlich. Man konnte mit Sicherheit annehmen, daß alle Straßen des Landes, die nach dem Westen führten, von rückflutenden Truppen verstopft sein würden. Und wer weiß, was man noch an den Grenzen der neu entstandenen westlichen Staaten zu erwarten hatte! Möglich war immerhin – und wie es sich später zeigte, war es sogar Tatsache –, daß man an den westlichen Grenzen des russischen Reiches neue Kriege angefangen hatte. In der Krim und im Kaukasus hatte die Gräfin Walewska außerdem reiche und mächtige Anverwandte. Hilfe war von ihnen selbst unter diesen veränderten Verhältnissen immerhin noch zu erwarten, sollte man ihrer bedürftig werden. Und was das wichtigste war: ein kluger Instinkt sagte den beiden Liebenden, daß in einer Zeit, in der das wahrhaftige Chaos auf der ganzen Erde herrschte, das ewige Meer die einzige Freiheit bedeuten müsse. An das Meer wollten sie zuallererst gelangen. Sie versprachen den Männern, die sie bis zum Kaukasus begleiten sollten, jedem eine ansehnliche Summe in purem Gold. Und wohlgemut, wenn auch in natürlicher Aufregung, fuhren sie dahin.

Da Fallmerayer alles sehr wohl vorbereitet und auch jeden möglichen und unwahrscheinlichen Zufall im voraus berechnet hatte, gelang es ihnen, innerhalb einer sehr kurzen Frist – vier Tage waren es im ganzen – nach Tiflis zu kommen. Hier entließen sie die Begleiter, zahlten ihnen den ausgemachten Lohn und behielten lediglich den Chauffeur bis Baku. Auch nach dem Süden und nach der Krim hatten sich viele Russen aus den adligen und gutbürgerlichen Schichten geflüchtet. Man vermied, obwohl man es sich vorgenommen hatte, Verwandte zu treffen, von Bekannten gesehen zu werden. Vielmehr bemühte sich Fallmerayer, ein Schiff zu finden, das ihn und seine Geliebte unmittelbar von Baku nach dem nächsten Hafen eines weniger gefährdeten Landes bringen konnte. Dabei ließ es sich nicht vermeiden, daß man andre, mit den Walewskis mehr oder weniger bekannte, Familien traf, die ebenfalls, wie Fallmerayer, nach einem rettenden Schiff Ausschau hielten – und daß die Gräfin über die Person Fallmerayers wie über ihre Beziehungen zu ihm lügenhafte Auskünfte geben mußte. Schließlich sah man ein, daß man nur in Gemeinschaft mit den andern die geplante Art der Flucht bewerkstelligen konnte. Man einigte sich also mit acht andern, die Rußland auf dem Seewege verlassen wollten, fand schließlich einen zuverlässigen Kapitän eines etwas gebrechlich aussehenden Dampfers und fuhr zuerst nach Konstantinopel, von wo aus regelmäßige Schiffe nach Italien und Frankreich immer noch abgingen.

Drei Wochen später gelangte Fallmerayer mit seiner geliebten Frau nach Monte Carlo, wo die Walewskis vor dem Kriege eine kleine Villa gekauft hatten. Und nun glaubte sich Fallmerayer auf dem Höhepunkt seines Glücks und seines Lebens. Von der schönsten Frau der Welt wurde er geliebt. Mehr noch: er liebte die schönste Frau der Welt. Neben ihm war sie jetzt ständig, wie ihr starkes Abbild jahrelang in ihm gelebt hatte. In ihr lebte er jetzt selbst. In ihren Augen sah er stündlich sein eigenes Spiegelbild, wenn er ihr nahe kam – und kaum gab es eine Stunde im Tag, in der sie beide einander nicht ganz nahe waren. Diese Frau, die kurze Zeit vorher noch zu hochmütig gewesen wäre, um dem Wunsch ihres Herzens oder ihrer Sinne zu gehorchen: diese Frau war nun ohne Ziel und ohne Willen ausgeliefert der Leidenschaft Fallmerayers, eines Stationschefs der österreichischen Südbahn, sein Kind war sie, seine Geliebte, seine Welt. Wunschlos wie Fallmerayer war die Gräfin Walewska. Der Sturm der Liebe, der seit der Schicksalsnacht, in der sich die Katastrophe auf der Station L. zugetragen hatte, im Herzen Fallmerayers zu wachsen angefangen hatte, nahm die Frau mit, trug sie davon, entfernte sie tausend Meilen weit von ihrer Herkunft, von ihren Sitten, von der Wirklichkeit, in der sie gelebt hatte. In ein wildfremdes Land der Gefühle und Gedanken wurde sie entführt. Und dieses Land war ihre Heimat geworden. Was alles in der großen, ruhelosen Welt vorging, bekümmerte die beiden nicht. Das Gut, das sie mitgenommen hatte, sicherte ihnen auf mehrere Jahre hinaus ein arbeitsloses Leben. Auch machten sie sich keine Sorgen um die Zukunft. Wenn sie den Spielsaal besuchten, geschah es aus Übermut. Sie konnten es sich leisten, Geld zu verlieren – und sie verloren in der Tat, wie um dem Sprichwort gerecht zu werden, das sagt, wer Glück in der Liebe habe, verliere im Spiel. Über jeden Verlust waren beide beglückt; als bedürften sie noch des Aberglaubens, um ihrer Liebe sicher zu sein. Aber wie alle Glücklichen waren sie geneigt, ihr Glück auf eine Probe zu stellen, um es, bewährte es sich, womöglich zu vergrößern.

## *11*

Hatte die Gräfin Walewska auch ihren Fallmerayer ganz für sich, so war sie doch – wie es sonst nur wenige Frauen können – keineswegs imstande, längere Zeit zu lieben, ohne den Verlust des Geliebten zu fürchten (denn es ist oft die Furcht der Frauen, sie könnten den geliebten Mann verlieren, die ihre Leidenschaft steigert und ihre Liebe). So begann sie denn eines Tages, obwohl Fallmerayer keinen Anlaß dazu gegeben hatte, von ihm zu fordern, er möge sich von seiner Frau scheiden lassen und auf Kinder und Amt verzichten. Sofort schrieb Adam Fallmerayer seinem Vetter Heinrich, der ein höheres Amt im Wiener Unterrichtsministerium bekleidete, daß er seine frühere Existenz endgültig aufgegeben habe. Da er aber nach Wien nicht kommen wolle, möge, wenn dies überhaupt möglich, ein geschickter Advokat die Scheidung veranlassen.

Ein merkwürdiger Zufall – so erwiderte ein paar Tage später der Vetter Heinrich – habe es gefügt, daß Fallmerayer schon vor mehr als zwei Jahren in der Liste der Vermißten gestanden habe. Da er auch niemals habe von sich hören lassen, sei er von seiner Frau und von seinen wenigen Blutsverwandten bereits zu den Toten gezählt worden. Längst verwalte ein neuer Stationschef die Station L. Längst habe Frau Fallmerayer mit den Zwillingen Wohnung bei ihren Eltern in Brunn genommen. Am besten sei es, man schweige weiter, vorausgesetzt, daß Fallmerayer bei den ausländischen Vertretungen Österreichs keine Schwierigkeiten habe, was den Paß und dergleichen betreffe.

Fallmerayer dankte seinem Vetter, versprach, ihm allein fernerhin zu schreiben, bat um Verschwiegenheit und zeigte den Briefwechsel der Geliebten. Sie war beruhigt. Sie zitterte nicht mehr um Fallmerayer. Allein einmal von der rätselhaften Angst befallen, welche die Natur in die Seelen der so stark liebenden Frauen gesät hat (vielleicht, wer weiß, um den Bestand der Welt zu sichern), forderte die Gräfin Walewska von ihrem Geliebten ein Kind – und seit der Minute, in der dieser Wunsch in ihr aufgetaucht war, begann sie, sich den Vorstellungen von den vorzüglichen Beschaffenheiten dieses Kindes zu ergeben; gewissermaßen sich der unerschütterlichen Hingabe an dieses Kind zu weihen. Unbedacht, leichtsinnig, beschwingt, wie sie war, erblickte sie in ihrem Geliebten, dessen maßlose Liebe ja erst ihre schöne, natürliche Unbesonnenheit geweckt hatte, dennoch das Muster der vernünftigen, maßvollen Überlegenheit. Und nichts erschien ihr wichtiger, als ein Kind in die Welt zu setzen, das ihre eigenen Vorzüge mit den unübertrefflichen ihres geliebten Mannes vereinigen sollte.

Sie wurde schwanger. Fallmerayer, wie alle verliebten Männer dem Schicksal dankbar wie der Frau, die es erfüllen half, konnte sich vor Freude nicht lassen. Keine Grenzen mehr hatte seine Zärtlichkeit. Unwiderleglich bestätigt sah er seine eigene Persönlichkeit und seine Liebe. Erfüllung wurde ihm jetzt erst. Das Leben hatte noch gar nicht begonnen. In sechs Monaten erwartete man das Kind. Erst in sechs Monaten sollte das Leben beginnen.

Indessen war Fallmerayer fünfundvierzig Jahre alt geworden.

## *12*

Da erschien eines Tages in der Villa der Walewskis ein Fremder, ein Kaukasier, namens Kirdza-Schwili, und teilte der Gräfin mit, daß der Graf Walewski dank einem glücklichen Geschick und, wahrscheinlich, gerettet durch ein besonders geweihtes, im Kloster von Pokroschni geweihtes Bildnis des heiligen Prokop, der Unbill des Krieges wie den Bolschewiken entronnen und auf dem Wege nach Monte Carlo begriffen sei. In ungefähr vierzehn Tagen sei er zu erwarten. Er, der Bote, früherer Ataman Kirdza-Schwili, sei auf dem Wege nach Belgrad, im Auftrag der zaristischen Gegenrevolution. Seines Auftrages habe er sich nunmehr entledigt. Er wolle gehn.

Dem Fremden stellte die Gräfin Walewska Fallmerayer als den getreuen Verwalter des Hauses vor. Während der Anwesenheit des Kaukasiers schwieg Fallmerayer. Er begleitete den Gast ein Stück Weges. Als er zurückkam, fühlte er zum erstenmal in seinem Leben einen scharfen, jähen Stich in der Brust.

Seine Geliebte saß am Fenster und las.

„Du kannst ihn nicht empfangen!" – sagte Fallmerayer. „Fliehen wir!"

„Ich werde ihm die ganze Wahrheit sagen" – erwiderte sie. „Wir warten!"

„Du hast ein Kind von mir!“ – sagte Fallmerayer – „eine unmögliche Situation.“

„Du bleibst hier, bis er kommt! Ich kenne ihn! Er wird alles verstehn!“ – antwortete die Frau.

Sie sprachen seit dieser Stunde nicht mehr über den Grafen Walewski. Sie warteten.

Sie warteten, bis eines Tages eine Depesche von ihm eintraf. An einem Abend kam er. Sie holten ihn beide von der Bahn ab.

Zwei Schaffner hoben ihn aus dem Waggon, und ein Gepäckträger brachte einen Rollstuhl herbei. Man setzte ihn in den Rollstuhl. Er hielt sein gelbes, knochiges, gestrecktes Angesicht seiner Frau entgegen, sie beugte sich über ihn und küßte ihn. Mit langen, blaugefrorenen, knöchernen Händen versuchte er, immer wieder umsonst, zwei braune Decken über seine Beine zu ziehen. Fallmerayer half ihm.

Fallmerayer sah das Gesicht des Grafen, ein längliches, gelbes, knöchernes Angesicht, mit scharfer Nase, hellen Augen, schmalem Mund, darüber einen herabhängenden schwarzen Schnurrbart. Man rollte den Grafen wie eines der vielen Gepäckstücke den Perron entlang. Seine Frau ging hinter dem Wagen her, Fallmerayer voran.

Man mußte ihn – Fallmerayer und der Chauffeur – ins Auto heben. Der Rollwagen wurde auf das Dach des Autos verladen.

Man mußte ihn in die Villa hineintragen. Fallmerayer hielt den Kopf und die Schultern, der Diener die Füße.

„Ich bin hungrig“ – sagte der Graf Walewski.

Als man den Tisch richtete, erwies es sich, daß Walewski nicht allein essen konnte. Seine Frau mußte ihn füttern. Und als, nach einem grausam schweigenden Mahl, die Stunde des Schlafs nahte, sagte der Graf: „Ich bin schläfrig. Legt mich ins Bett.“

Die Gräfin Walewska, der Diener und Fallmerayer trugen den Grafen in sein Zimmer im ersten Stock, wo man ein Bett bereitet hatte.

„Gute Nacht!“ – sagte Fallmerayer. Er sah noch, wie seine Geliebte die Kissen zurechtrückte und sich an den Rand des Bettes setzte.

13

Hierauf reiste Fallmerayer ab; man hat nie mehr etwas von ihm gehört.

## Der stumme Prophet

Friedrich Kargan wurde krank.

Er lag allein in seinem Zimmer, vom Fieber sacht umrauscht und zum erstenmal von der Einsamkeit geliebkost. Er hatte bis jetzt nur ihre grausame Treue gekannt und ihre harte Stummheit. Jetzt erkannte er ihre zarte Freundschaft und er erlauschte die stille Melodie ihrer Stimme. Kein Freund, keine Geliebte und kein Kamerad. Nur die Gedanken kamen wie Kinder, gezeugt, geboren und gewachsen zu gleicher Zeit. Er lernte zum erstenmal in seinem Leben die Krankheit kennen, den wohltätigen Zwang ihrer weichen Hände, das wunderbar täuschende Gefühl, aufstehen zu können, aber sich nicht erheben zu wollen, die Fähigkeit zu liegen und gleichzeitig zu schweben, die Kraft, die von der Verlassenheit kommt wie die Gnade vom Unglück und das stumme Zwiegespräch mit dem Himmel, der weit und grau das Fenster des hochgelegenen Zimmers erfüllte, der einzige Gast aus der Außenwelt. Wenn andere krank sind, dachte er, kommt ein Freund, fragt, ob er eine Zigarette rauchen darf, gibt dem Kranken die Hand, die er dann zu waschen gedenkt – aus hygienischen Gründen. Die Geliebte entwickelt ihre mütterlichen Instinkte, bestätigt sich selbst, daß sie lieben kann, bringt ein kleines kokettes Opfer, überwindet sich, häßliche Gegenstände mit einer zarten Hand anzugreifen. Die Genossen kommen mit optimistischem Lärm und bringen den Inhalt der Vorgänge in erzwungen witziger Verkleidung ans Bett, lachen zu stark und lächeln mit Nachsicht und gelangen zum Bewußtsein ihrer eigenen Gesundheit wie Wohltätige, wenn sie beim Anblick eines Bettlers in die Tasche greifen, sich ihrer Barschaft bewußt werden, ohne es zu wollen. Nur ich bin allein. Berzejew ist in Rußland geblieben. Er hat ein Vaterland. Es ist möglich, daß in hundert oder zweihundert Jahren kein Mensch auf der Welt einen Ort haben wird, den er als Heimat oder Asyl betrachten kann. Die Erde wird an allen Orten ein gleiches Aussehen haben wie ein Meer, und wie der Seemann überall zu Hause ist, wo Wasser rauscht, so wird jeder überall zu Hause sein, wo Gras wächst, Fels oder Sand. Ich bin zu spät geboren oder zu früh. Ich bin eines der Experimente, die hier und da von der Natur gemacht werden, ehe sie sich entschließt, eine neue Gattung hervorzubringen. Wenn mein Fieber weicht, werde ich aufstehen und wegfahren. Ich werde mein Schicksal, ein Fremder zu sein, wörtlich erfüllen. Ich werde die milde Verlassenheit der Krankheit ein wenig verlängern, und die Wanderung wird meine Einsamkeit in ein Glück verwandeln, wie es beinahe die Krankheit getan hat.

Sein Fieber wich. Er stand auf. Er war, weil er keine Kindheit und keine Mutter gekannt hatte und weil er aufgewachsen war, ohne die Namen der Krankheiten zu hören und die Gespräche, deren Ursache sie sind, nicht einmal neugierig zu wissen, was ihm gefehlt hatte. Aber er mußte eine Krankheit nennen, um einen Urlaub zu nehmen. Er ließ sich erzählen, wie man den Zustand nennt, in dem er sich befunden hatte. Er nahm Urlaub für ein halbes Jahr. Ich begehe jetzt eine sogenannte Gemeinheit, sagte er sich. Nach den moralischen Anschauungen dieser stupiden Welt ist es schon eine Schurkerei, für eine Sache zu arbeiten, von der man nicht in der gleichen Weise überzeugt ist wie die Mehrheit der Verwalter dieser Sache. Aber eine noch größere Schurkerei ist es, diese Art von Arbeit zu unterbrechen und Geld dafür zu nehmen. Sowohl die bürgerliche Gesellschaft als auch ihre revolutionären Gegner haben für einen Charakter, wie ich ihn darstelle, dieselbe treffende Bezeichnung. Solch ein Verhalten nennen sie zynisch. Zynismus ist den einzelnen niemals erlaubt. Nur Vaterländer, Parteien und Verwalter der Zukunft dürfen sich seiner bedienen. Dem einzelnen bleibt nichts zu tun übrig, als die sogenannte Farbe zu bekennen. Ich bin Zyniker.

Er versorgte sich also mit Geld und – zum wievielten Mal schon in seinem Leben – mit einem Paß auf einen falschen Namen. Die Revolution war auf diplomatischen Umwegen legitim geworden. Ein falscher Paß machte Friedrich keine Freude mehr. Das Pseudonym eines Revolutionärs erkannte selbst eine reaktionäre Polizei an, wie das Inkognito eines Balkanfürsten. Nur die Zeitungen, die von furchtsamen Fabrikanten bezahlt wurden, glaubten manchmal der Regierung ihres Vaterlandes eine Neuigkeit zu erzählen, wenn sie mitteilten, der und jener gefährliche Bote der Revolution wäre unter einem falschen Namen angekommen. In Wirklichkeit waren die Regierungen bestrebt, die gefährlichen Männer vor der Zeitung zu verbergen. Die Zeiten waren vorbei, in denen Friedrich einen persönlichen Kampf gegen die Weltordnung und ihre Beschützer durch gewagte List und überflüssige Verstellung zu führen geglaubt hatte. Jetzt besaß er ein ungeschriebenes, aber international anerkanntes Recht auf Illegalität.

Und er fuhr durch die großen Städte der zivilisierten Welt. Er sah die Museen, in denen die Schätze der Vergangenheit angehäuft werden, wie Möbelstücke, die man nicht verwenden kann, in Magazinen. Er sah die Theater, auf deren Bühnen ein Stückchen Leben pointiert und in Akte geschnitten, von rosa geschminkten Menschen dargestellt wird, gegen Entree. Er las die Zeitungen, in denen Nachrichten über Vorgänge gebreitet werden wie interessante Schleier über gleichgültige Gegenstände. Er saß in den Cafés und in den Restaurants, in denen sich die Menschen versammeln wie Waren in einem Schaufenster. Er besuchte die armen Lokale, in denen sich jener Teil der Gesellschaft vergnügt, den man „Volk" nennt, und er genoß den kräftigen und harten Glanz, der die Freuden der Armut begleitet. Als hätte er nie zu ihnen gehört, besuchte er wie ein Fremder die Räume, in denen sie sich versammelten, um Politik zu hören und zu fühlen, daß sie ein Faktor waren im Getriebe der Welt. Und als hätte er selbst nie vor ihnen gesprochen, wunderte er sich über ihre naive Begeisterung, die den hohlen Klang einer Phrase begrüßte wie die Andacht der Frommen den dumpfen Schlag einer billigen Glocke. Als ob es keine Revolution und keinen Krieg gegeben hätte! Nichts! Ausgelöscht! Junge Männer in breiten wallenden Hosen mit wattierten Schultern, koketten und weichen Hüften, eine ganze Generation geschlechtsloser Aviatiker strich durch alle Schichten der Gesellschaft.

Der Fußball kräftigte die Muskeln des jungen Arbeiters wie die des jungen Bankiersohnes in gleichem Maße und gab den Gesichtern beider den gleichen Zug von Geistesgegenwart und Gedankenleere. Der Proletarier trainierte sich zur Revolution, der Bourgeois trainierte sich zum Vergnügen. Fahnen wehten, Menschen marschierten, und ebenso wie sich bestimmte Varietényummern in jeder großen Stadt wiederholten, lag in jeder großen Stadt ein unbekannter Soldat begraben. Den Denkmälern für Gefallene begegnete Friedrich wie den Negern der Steptänze auch in den kleineren Orten.

Nun sah er mit seinen Augen „das Leben“, dessen ferner, geheimnisvoller und Wunder verratender Widerschein über die Wünsche seiner frühen Jahre gefallen war. Es war genauso, als hätte er das dunkelrote Farbenspiel, von einer Lichtreklame an die gegenüberliegenden Fensterscheiben geworfen, für den Abglanz eines großen unheimlichen Brandes gehalten. Nun sah er die Quellen seiner schönen Täuschungen. Und er verspottete sich mit der Genugtuung, die ein kluger Mensch empfindet, wenn er Irrtümer aufdeckt. Und er ging herum, und er enthüllte eine Quelle nach der andern, und er triumphierte, weil er gegen sich selbst recht behielt.

Mit der Zeit waren alle Quellen aufgedeckt, schneller als er gedacht hatte. Also lernte er die Verlorenheit in fremden Städten kennen, die ziellosen Wanderungen durch den ersten Dämmer der Abende, in denen die silbernen Laternen aufleuchten und dem Körper eines Verlassenen den Schmerz von tausend plötzlichen Nadelstichen bereiten. Er ging durch verregnete Straßen über den schimmernden Asphalt der weiten Plätze, die an steinerne Seen erinnern, den Mantelkragen hochgeschlagen, von außen zugemacht und vor sich nur seinen Blick, der ihn durch die Fremde steuerte. Er stand früh auf, trat in strahlende Morgen voll eilender Menschen. Frauen, die er nicht ansah, leuchteten ihm ihre Schönheit entgegen, Kinder lachten aus den Gärten, von langsamen Greisen, die mitten unter den Eilenden doppelt ehrwürdig und doppelt langsam erschienen, ging eine versöhnliche Milde aus. Endlich gab es Tage, an denen die einfachen, unzerstörbaren Schönheiten offenbar wurden und an denen sein Wunsch, das Leben wieder von vorn anfangen zu dürfen, fast überholt wurde von dem Trost, daß er es ohne Mühe wieder anfangen könne.

Er befand sich in Paris, als der Frühling kam. Jede Nacht ging er durch glatte und stille Straßen, begegnete er den vollbeladenen Wagen, die zu den Markthallen fuhren, dem gleichmäßigen Trott der schweren, zotteligen Pferde, dem frommen, ländlichen Gebimmel ihrer Schellen, dem leuchtenden Grün der sauber aufgeschichteten Kohlbündel und dem blanken Weiß ihrer Gesichter zwischen den weiten flatternden Blättern, dem künstlichen Hellrot der dünngeschwänzten Möhren, dem blutigen, feuchten und schweren Glanz der massiven zerschnittenen Rinder. Jede Nacht ging er in einen Keller, in dem das Volk tanzte, Matrosen, Straßenmädchen, Weiße und Farbige aus den Kolonien. Die Ziehharmonika schüttete fröhliche Märsche in den hellen Saal, es war das Instrument der ausgelassenen Wehmut. Er liebte es, weil es ihn an seine Genossen der Revolution erinnerte, weil es die Musik der Verlorenheit und der Sorglosigkeit war, weil sie an den Frieden der Abende in östlichen Dörfern gemahnt und gleichzeitig an die brütende Hitze afrikanischer Sandwüsten, weil sie den Gesang des Frostes wie die ewige Stille des Sommers enthält. Von allen Wänden strahlten breite Spiegel die verschwenderischen Reihen der Lämpchen an der Saaldecke wider, machten zwanzig Räume aus einem Raum, verhundertfachten die Tänzerinnen. Er sah die Stiege und die Tür nicht mehr, die zu den nächtlichen Straßen hinaufführten. Die Spiegelwände schlossen den Saal noch endgültiger ab als Stein und Marmor und verwandelten den Keller in ein einziges endloses unterirdisches Paradies. Er saß an einem Tisch und trank Schnaps. Einmal in einer Stunde, in der es ihm schien, daß er keine Blöße zu fürchten hätte, weil es die letzte Nacht der Welt und ihr kein Morgen mehr beschieden sei, ließ er sich ein Stück Papier geben und schrieb ohne jede Adresse:

„Ich habe lange Jahre nicht an Sie gedacht. Seit einigen Tagen kommen Sie mir nicht mehr aus dem Sinn. Ich weiß, daß Sie nicht mehr an mich denken. Sie führen ein Leben, das heute wie immer von dem meinigen so entfernt ist, wie ein Planet vom andern. Dennoch finden Sie hier meine Adresse. Um aufrichtig zu sein, gestehe ich Ihnen, daß es keineswegs ein unwiderstehlicher Zwang ist, der mich Ihnen schreiben läßt. Es ist vielleicht nur eine unwiderstehliche Hoffnung ..."

Er betrat die Straße. Der Morgen graute, heute wie immer, die Welt war nicht untergegangen. Ein blaues Licht lag über den Häusern, jemand machte ein Fenster auf. Der Motor eines Automobils knurrte hartnäckig und empört. Im Licht des erwachenden Morgens steckte Friedrich den Brief in den Postkasten.

Die Zeit war nicht mehr groß. Die Post funktionierte ungestört. Der Brief erreichte Hilde mit einer Verspätung von drei Tagen. Einmal, an einem Abend, als Friedrich ins Hotel zurückkehrte, erwartete ihn jemand.

Nun saß er lange im Mantel, vom Regen naß und dampfend, den Hut in der Hand und stumm. Sie erzählte von ihrem Mann und den Kindern, von ihren bitteren Jahren, von ihrem alten Vater. Sie hatte ihn übrigens mitgebracht. Er wollte ein Bad aufsuchen. Er sollte ihren eifersüchtigen Mann beruhigen. Es ging ihnen jetzt gut. Ihrem Mann hatte gerade seine Mittelmäßigkeit genützt. Die andern, die Spekulanten mit dem angeborenen Instinkt für Geschäfte, waren untergegangen in den Stürmen, die sie heraufbeschworen hatten, wie Krieger in den Abenteuern fallen, die sie selbst hervorrufen. Herr von Derschatta aber gehörte zu jenen mittelmäßigen Bürokraten der Geschäftswelt, die viel gewinnen, wenn sie gar nichts wagen. Sie sprach in dem Jargon, der die Muttersprache der Generaldirektoren ist, von der „Position", die dieses erlaubte, jenes noch nicht oder bereits nicht mehr gestattete. Ein paar Fremde betraten den Raum, in dem sie saßen. Sie hörte auf zu erzählen. Aber das Schweigen, das jetzt anfing, war imstande, alle die Geständnisse auszudrücken und all die halben Geständnisse zu ergänzen, die sie früher unterdrückt und halb verschwiegen hatte. Dieses Schweigen störte sie noch mehr in Anwesenheit der andern. Als wären sie beide so jung, wie sie einmal im Kaffeehaus gewesen waren, machte sie die Zufälligkeit der äußeren Situation ratlos. Draußen regnete es. Hier saßen Fremde. Wenn sie jetzt in mein Zimmer kommt, dachte er, ist es entschieden. Sie wartet darauf. Er sagte nichts.

„Wir gehen vielleicht zu Ihnen hinauf?"

Nach dem langen Schweigen sah es aus, als hätte sie sich auf diese Frage vorbereitet.

Sie gingen zu Fuß die Treppe hinauf. Die Anwesenheit eines Fremden im Lift, eines Zeugen ihrer Verwirrung, hätte sie gestört. Sie gingen schweigend. Ein großer Zwischenraum trennte sie, als hätten sie oben eine alte Feindschaft auszutragen. Sie setzte sich, ohne den Mantel abzulegen. Der kleine Hutrand beschattete ihre Augen. Der Mantel schloß bis zum Kinn, und ihr Anblick hatte etwas Gerüstetes, Mutiges. Der Entschluß, mit dem sie in den Zug gestiegen war, lebte noch in ihr. Friedrich trat ans Fenster. (Eine Bewegung, die jeder zweite Mann macht, wenn er sich in Verlegenheit vor einer Frau in seinem Zimmer befindet.) „Warum schweigst du?" Die Angst zitterte in dieser Frage. Er hörte die Furcht und gleichzeitig das erste Du, das zwischen ihnen fiel. Es war wie der erste Blitz im Frühjahr. Er wandte sich um, dachte, jetzt wird sie weinen, und sah zwei feuchte Augen, die ihn gerade anblickten, furchtlos, weil mit den Tränen bewaffnet.

Er wollte sagen: Warum sind Sie hergekommen? – Er verbesserte sich. Er überlegte, was weniger verletzend wäre: ein Warum oder ein Wozu, und er entschloß sich endlich für ein harmloseres Wie in Verbindung mit einem Du. Er fragte also: „Wie bist du hergekommen?"

Die schnell kombinierende Geistesgegenwart, mit der sie ihren Vater mitgenommen hatte, um Derschattas Wachsamkeit zu beruhigen, erschreckte ihn. Ihn erschreckte diese Kombinationsfähigkeit eines Romanciers. Nur um nicht länger zu schweigen, sagte er abschließend: „Du bist also hier mit deinem Vater!"

„Sag, was du denkst!" begann sie. „Sag, daß du mich nie erwartet hast, und daß es eine Laune war, dieser Brief. Du hattest vielleicht getrunken."

„Ja", erwiderte er. „Es war eine Art von tieferer Laune. Ich habe dich nie erwartet. Es ist kein Vorwurf, was ich jetzt sage: So hättest du vor zehn Jahren kommen sollen. Es ist inzwischen zuviel geschehen."

„Erzähle", sagte sie.

„Man kann es nicht in einem Fluß. Ich wüßte nicht, wo anzufangen. Ich wüßte auch nicht, was wichtig wäre. Es kommt mir vor, daß die Tatsachen weit weniger wichtig sind als das andere, das man nicht erzählen kann. Und ernster zum Beispiel als ein Gefecht, das ich mitgemacht habe, ist die Trostlosigkeit, in der ich herumgehe, oder ein Wort, das ein Mensch hier und dort vor mir fallen läßt und das mir manchmal den Menschen enthüllt und manchmal die Menschheit dazu. Aber es genügt vielleicht, dir den Namen zu nennen, unter dem ich die letzten zehn Jahre gelebt habe – –"

Als wäre dieser Name, den sie gehört und gelesen hatte, ohne zu wissen, wen er barg, ein endgültiger Beweis für ihre Blindheit und ihre Schuld, begann sie zu weinen. Jetzt müßte ich hingehen, dachte Friedrich, und sie küssen. – Er sah, wie sie mitten in der Verzweiflung den Hut ablegte, die Haare glatt strich, und er ging hin, froh, daß er etwas zu tun hatte, und nahm ihr den Hut aus der Hand.

Sie schüttelte den Kopf, erhob sich und sagte: „Ich muß gehen."

Ich werde sie gehen lassen; dachte er.

Aber wie sie jetzt beide Arme hob, den Hut aufzusetzen, erschien sie ihm verzweifelt und also doppelt schön. Sie war jung. Die Jahre hatte sie vorbeiziehen lassen wie sanfte Sommerwinde. Sie hatte Kinder geboren und war jung. Er sah sie wieder im lautlos rollenden Wagen und im Laden, Handschuhe probieren, und im Café neben ihm in der Ecke, und auf der Straße im Regen. In der einen Bewegung, mit der sie die Arme hob, lagen alle ihre Schönheiten. Sie erinnerte an ein Flehen, eine Entkleidung, eine Abwehr und eine Hingabe gleichzeitig, an alle Arten von Schönheit. Die Arme senkten sich wieder. Die rechte Hand begann über die linke den Handschuh zu streifen, mit gewissenhafter Sorgfalt.

„Bleib", sagte er plötzlich. Und als wäre es zuwenig oder zu scharf gewesen, fügte er noch leiser ein „Geh nicht" hinzu. Es fehlt noch, daß ich den Schlüssel umdrehe – und die Situation ist vollkommen.

Er sah, wie Hilde nach der Tür blickte und den Handschuh langsam und gewissenhaft wieder abstreifte. Nun war es eine entkleidete Hand, etwas anderes als eine nackte. Er glaubte sie zum erstenmal zu sehen. Hierauf machte er den einzigen schnellen Schritt zur Tür und schloß sie ab.

Der alte Herr von Maerker wollte am nächsten Tag zu seiner Kur fahren. Friedrich sah ihn am Abend. Der festliche Glanz der Lampen in dem Restaurant machte das weißhaarige Alter Maerkers ehrwürdiger wie die Schönheit seiner Tochter strahlender. Er erinnerte an alte Porträts, Gesichter, an denen die Zeit noch mehr geformt hat als die Natur und die Kunst, und die von der Unwiderruflichkeit verschwundener Epochen, deren Spiegel sie sind, den Schimmer einer wehmütigen Weihe bekommen. Der Herr von Maerker war niemals klug gewesen, aber das Alter vertrat bei ihm die Vernunft, und weil er zu den Menschen gehörte, die ihre Zeit überlebt haben, erweckte er in Friedrich auch noch die höfliche Ehrfurcht, die man einem vergessenen Monument schuldet. Der Alte schien nicht daran zu zweifeln, daß die Begegnung seiner Tochter mit Friedrich ein reiner Zufall war. Aber selbst wenn er gezweifelt hätte – er unternahm es nicht, Zusammenhänge erraten zu wollen, die man ihm nicht freiwillig enthüllte. Sein Respekt vor dem Leben seiner Tochter war zu groß. Ihm wie den Männern seiner Generation war es noch selbstverständlich, bei ihren Frauen und Töchtern einen natürlichen Sinn für Ehre, Ruf und Haltung vorauszusetzen. Er gehörte noch zum letzten Geschlecht der wohlerzogenen Mitteleuropäer. Er kannte die unglückliche Ehe seiner Tochter, aber es fiel ihm nicht ein, sich etwa einen Vorwurf daraus zu machen, daß er Derschatta gezwungen hatte, Hilde zu heiraten. Er hatte lange Jahre seine Tochter nicht gekannt. Jetzt machte ihn das Alter vielleicht hellsichtig, aber er blieb schweigsam, nicht nur, weil er sich geschämt hätte zu fragen, sondern weil er sich noch mehr geschämt hätte, merken zu lassen, daß er die Fähigkeit besaß, zu erraten.

„Ich erinnere mich sehr gut an Sie“, sagte er zu Friedrich. „Sie waren einmal bei uns.

Es ist viel geschehen inzwischen. Manchmal kommt es mir vor, daß wir alles schon vorher gewußt haben. Ich habe Jahr für Jahr mit eigenen Augen sehen können, wie der Staat sich auflöst, die Menschen gleichgültiger werden, aber auch gehässiger, ja gehässiger –“ Er sagte es mit der Nachsicht eines Jenseitigen.

„Wir haben Witze gemacht, wir haben alle dazu gelacht“– – fuhr er fort. „Ich habe mir selbst ein paar vorzuwerfen. Glauben Sie mir, daß Witze allein genügen, einen alten Staat zugrunde zu richten. Alle Völker haben gespottet. Und doch war zu meinen Zeiten, als noch der Mensch wichtiger war als seine Nationalität, die Möglichkeit vorhanden, aus der alten Monarchie eine Heimat aller zu machen. Sie hätte das kleinere Vorbild einer großen zukünftigen Welt sein können und zugleich die letzte Erinnerung an eine große Zeit Europas, in der Norden und Süden verbunden gewesen wären. Nur hat die Geographie den Professoren nicht gepaßt. Eine Welt, von Professoren eingerichtet und von Professoren verwaltet, Wilson, Masaryk – was für Namen! Es ist vorbei“, schloß Herr von Maerker mit einer leichten Handbewegung, mit der er den letzten Rest seiner Erinnerung endgültig zu vertreiben schien.

Seine Traurigkeit selbst war noch von einer Heiterkeit begleitet. Sein wehmütiger Nachruf auf sein Vaterland hinderte ihn nicht, den schwarzen Kaffee und eine dünne Zigarette mit sanfter Überlegung auszukosten, und es sah aus, als freute er sich seines Lebens doppelt, weil es sich außerhalb seiner Zeit noch fortsetzte, und als genösse er jeden Tag, jeden Abend, jede Mahlzeit, die ihm der Himmel schenkte, mit der Freude, die man unverdienten Ferientagen entgegenbringt. Der Untergang der Monarchie hatte gleichsam nur der tätigen Periode seines Lebens ein Ende gesetzt. Er hatte nur als Zeitgenosse zu existieren aufgehört, aber er lebte weiter als der Zuschauer einer neuen Zeit, die ihm keineswegs gefiel, die ihn aber auch nicht im geringsten anging.

Er verabschiedete sich von Friedrich, seine Tochter begleitete ihn. Die Stunde, in der Friedrich auf sie wartete, ging er auf und ab vor dem Hotel, wie er es vor fünfzehn Jahren ebenfalls getan hätte: Nichts ist zwischen dem Tag gewesen, an dem ich sie zuerst im Wagen gesehen habe, und heute. Soll ich noch an das Wunder der Liebe glauben? Es ist offenbar ein Wunder, wenn Geschehenes ausgelöscht wird.

Zu ihr sagte er dann: „Ich habe einmal auf der Flucht aus Sibirien daran gedacht, dich in ein weites und friedliches Land mitzunehmen. Es gibt noch fremde und friedliche Länder. Wir werden fahren."

„Wir brauchen sie nicht, um glücklich zu sein."

Sie gingen durch breite, leuchtende Straßen, überquerten die belebten Plätze, wichen ihren Gefahren aus, ohne achtzugeben, nur mit dem gewachsenen Instinkt, am Leben zu bleiben und zu leben. Sie hätten sich selbst aus einer Katastrophe retten können und wären unter tausend Umgekommenen gerettet geblieben.

Ihm wurde keine einzige von allen Torheiten erlassen, an denen die männliche Verliebtheit so reich ist. Sogar die Eifersucht auf die Zeit, die Hilde ohne ihn verlebt hatte, ergriff ihn – – und auch er tat schließlich die dümmste und männlichste aller Fragen, die im Sprachführer der Liebe verzeichnet stehn: „Warum hast du nicht auf mich gewartet?" Und er bekam die unvermeidliche Antwort zu hören, die ihm jede andere Frau ebenfalls gegeben hätte und die keineswegs eine logische Antwort ist, sondern eher eine Fortsetzung der Frage: „Ich habe immer nur dich geliebt ..."

Die Liebe begann aus einer ungewöhnlichen Daseinsform eine gewöhnliche zu werden. Und er lernte die sterblichen und ewigen Freuden kennen und das Glück, große Ziele kleinen zuliebe aufzugeben und das Erreichte so maßlos zu überschätzen, daß jedes Suchen sinnlos wird. Sie fuhren durch weiße Städte, standen in den großen Häfen, sahen Schiffe fremden Küsten entgegendampfen, begegneten Zügen, die ins Unbekannte rasten, und niemals konnten sie ein Schiff oder einen Zug erblicken, ohne sich selbst wegfahren zu sehen ins Ferne, Zukünftige,

Vage. Sie zählten ängstlich die Tage, die sie noch zusammenbleiben konnten. War die erste Woche noch eine unteilbare Einheit der Zeit gewesen, so zerfiel die zweite schon in Tage, die dritte in Stunden, die vierte in Augenblicke.

„Ich werde dir überallhin folgen“, sagte Hilde, „selbst nach Sibirien.“

„Was soll ich dort? Ich habe nicht mehr die Absicht, mich in gefährliche Situationen zu begeben.“

„Was willst du denn sonst tun?“

„Gar nichts.“

Sie verfiel in ein enttäuschtes Schweigen. Das war das erstemal, daß sie plötzlich auf einen Punkt stießen, wo das Sprechen aufhören mußte. Diese Augenblicke kamen immer häufiger, und sie vergaßen sie immer wieder. Beide verschoben Erklärungen auf günstigere Gelegenheiten, aber die Gelegenheiten kamen überhaupt nicht. Von den Lippen eines jeden fielen Worte ohne Widerhall, Steine in eine abgrundlose Tiefe.

Einmal sagte sie – vielleicht, um ihn zu versöhnen: „Ich bewundere dich dennoch!“

Und er konnte sich nicht enthalten zu antworten: „Wen hast du nicht schon bewundert? Einen Maler, den Krieg, die Verwundeten. Jetzt bewunderst du einen Revolutionär.“

„Man wird klüger.“

„Man wird auch dümmer.“

Und es begann ein schnelles Hin und Wider von leeren Worten ohne Sinn wie ein Kampf mit hohlen Nußschalen.

Sie muß jemanden zum Bewundern haben, dachte Friedrich.

Sie hat mich endlich zum Helden ernannt. Sie bekennt sich zu mir in einem Augenblick, in dem ich anfange, mich zu verleugnen. Ich bin nicht der Alte mehr, ich spiele ihn nur noch aus Ritterlichkeit – –

Dennoch war es zwischen ihnen abgemacht, daß sie ihr Haus verlassen würde.

„Vergiß nicht“, sagte sie, als er in den Zug stieg, „daß ich dir trotzdem überall folgen werde.“ Der Zug rollte schon. Friedrich konnte nicht mehr antworten.

Eine Woche später sollte sie ihm nachkommen.

Er fand, nachdem er Hilde verlassen hatte, eine Nachricht von seinem Freunde Berzejew vor. „Es tut mir nicht leid“, schrieb dieser, „daß ich Dir nicht ins Ausland gefolgt bin, sondern daß ich Dich vermutlich nie mehr sehen werde. Eine Sentimentalität eines offenbar anarchistisch veranlagten Menschen, deren ich mich heute nicht mehr zu schämen brauche, nachdem man mir die Würde eines Revolutionärs öffentlich aberkannt hat. Um Dich zu trösten, will ich Dir sagen, daß ich gezwungen und dennoch gerne in die Verbannung gehe. Wenn Savelli ahnen könnte, wie er eigentlich meiner geheimen Sehnsucht entgegenkommt, er würde mich vielleicht, um mich zu bestrafen, zu einem ewigen Kurierdienst zwischen Moskau und Berlin verurteilen. Ich meine zum Dienst eines Kulturträgers, eines Boten der Elektrifizierung des Proletariats, seiner Verwandlung in einen tüchtigen Mittelstand. Für einen Menschen unserer Art ist Sibirien der einzig mögliche Aufenthalt.“

Von solch einer Sehnsucht nach dem Rande der Welt hätte auch Friedrich mit Recht sprechen können. Scheint es doch keineswegs von einem freien Entschluß abzuhängen, ob man die Richtung seines Lebens ändert oder nicht. Die Seligkeit, einmal für eine große Idee und für die Menschheit gelitten zu haben, bestimmt unsere Entschlüsse auch lange noch, nachdem der Zweifel uns hellsichtig gemacht hat, wissend und hoffnungslos. Man ist durch ein Feuer gegangen und bleibt gezeichnet für den Rest seines Lebens.

Vielleicht war auch die Frau verspätet zu Friedrich gekommen. Vielleicht bedeutete ihm der alte Freund viel mehr als sie – – der alte Freund und die gleiche Bitterkeit, die, wie einst der gleiche Idealismus, diese Freundschaft heute nährte. Gingen sie doch beide mit der stolzen Trauer stummer Propheten herum, verzeichneten sie doch beide in ihrer unsichtbaren Schrift die Symptome einer unmenschlichen und technisch vollkommenen Zukunft, deren Zeichen Flugzeug und Fußball waren und nicht Sichel und Hammer.

Deshalb vielleicht folgte Friedrich dem Befehl, nach Moskau zu kommen. Er stand im Büro des Kommissars Savelli. Es war in dem oft beschriebenen und, man kann sagen, meistgefürchteten Gebäude von Moskau gelegen. Ein helles und kahles Zimmer. An den hellgelben Wänden fehlten die üblichen Porträts von Marx und Lenin. Drei weite bequeme lederne Sessel, zwei vor dem breiten Schreibtisch und einer hinter ihm. Diesen nahm Savelli ein, das Fenster im Rücken, das Gesicht der Tür zugewandt. Auf der schimmernden gläsernen Platte über dem Schreibtisch lag nichts mehr als ein einzelner leerer gelber Oktavbogen. Die Platte spiegelte den matten Himmel wider, den das Fenster aufnahm. Ein dichter, sanfter, roter Teppich überraschte einigermaßen in diesem kahlen Zimmer, in dem Savelli schon seit zwei Jahren lebte.

„Setzen Sie sich", sagte Savelli zu Friedrich.

„Dauert es denn so lange?"

„Ich möchte nicht sitzen, während Sie stehen."

„Ich möchte es uns beiden nicht bequem machen."

Savelli stand auf. „Sie können", begann er, „wenn Sie wollen, Gesellschaft haben. R. geht morgen weg. Er geht nach Kemi, fünfundsechzig Kilometer von Solowetzk. Es sind, wie Sie wissen, nette Inseln, fünfundsechzig Grad nördlicher Breite, sechsunddreißig Grad östlich von Greenwich. Die Ufer sind felsig und romantisch geklüftet. Achttausendfünfhundert Romantiker zählen wir schon dort. Verachten Sie mir das Kloster nicht, das aus dem fünfzehnten Jahrhundert stammt. Es hat vergoldete Kuppeln. Nur die Kreuze haben wir entfernt. Das dürfte R. traurig machen."

„R. ist nicht meine Gesellschaft“, erwiderte Friedrich. „Sie irren sich, Savelli. R. war in einer sehr wichtigen Zeit Ihr Freund und nicht der meine. Sie wissen ja, daß ich zu Berzejew will.“

„In den Freundschaften kenne ich mich nicht aus. R. hat einen Dienst gehabt wie Sie und ich, nicht mehr. Auf einmal kündigen sie alle den Dienst.“

„Man hat auch Verdienste.“

„Wir sind nicht unsere eigenen Geschichtsschreiber. Ich habe nie ein Verdienst gehabt. Ich bin nur ein Werkzeug.“

„Das haben Sie mir schon einmal gesagt.“

„Ja, vor etwa zwanzig Jahren. Es war damals noch ein guter Bekannter von Ihnen dabei. Wollen Sie ihn sehen?“

Savelli ging zur Tür und sagte etwas leise dem Posten. Die Tür blieb halb offen. Ein paar Minuten später erschien in ihrem Rahmen Kapturak.

Als wäre er nur zu diesem Zweck gekommen, begann er: „Parthagener ist endlich gestorben. Und ich lebe, wie Sie sehen.“ Er fing an, im Zimmer herumzugehen, als müßte er es beweisen. Die Mütze auf dem Kopf, die Hände auf dem Rücken. „Es ist nicht wahr, sehen Sie, daß Genosse Savelli undankbar ist. Erinnern Sie sich? Fünfzigtausend Rubel hätte ich einmal für ihn bekommen können.“

„Und was verdienen Sie hier?“

„Allerhand Erfahrungen, Erfahrungen. Die Spesen in der Eisenbahn bringen nicht viel. Manchmal begleite ich gute Bekannte im Schlafwagen. Erinnern Sie sich, wie wir einmal zu Fuß gelaufen sind? Heute könnte ich es nicht mehr. Sehen Sie her!“ – – Kapturak nahm die Mütze ab und zeigte sein dichtes, schneeweißes Haar.

Er begleitete Friedrich nach B. Friedrich fuhr nicht mehr im Zwischendeck, auch nicht mehr in einem vergitterten Waggon. Kapturak war ein sorgfältiger und langsamer Führer. Savelli bewies einen gewissen

Sinn für eine deutliche Pointierung jener Ereignisse, die zum Teil von seiner Willkür abhingen …

Während diese Zeilen geschrieben werden, lebt Friedrich mit Berzejew zusammen in P. Das ist immerhin eine größere Stadt. Sie dürfte etwa fünfhundert Einwohner zählen. Unter ihnen lebt übrigens ein Mann wie ein Trost, namens Baranowicz, ein Pole, der seit seiner Jugend in Sibirien freiwillig geblieben ist. Die Ereignisse der Welt schlagen nur wie ein fernes Echo an die Wände seines einsamen Hauses. Er lebt mit seinen beiden großen Hunden Jegor und Barin, ein zufriedener Sonderling, und beherbergt seit einigen Jahren die schöne und stille Alja, die Frau seines Freundes Franz Tunda. Waldläufer und Bärenjäger kehren bei Baranowicz ein. Einmal im Jahr kommt der Jude Gorin mit den letzten Erzeugnissen der Technik. Friedrich und Berzejew haben mit Baranowicz Freundschaft geschlossen. Ein Mann, auf den man sich verlassen kann.

In den Winternächten singt der Frost. Seine Melodie mag die Gefangenen an die heimlichen summenden Stimmen der Telegraphendrähte erinnern, an die technischen Harfen der zivilisierten Länder. Die Dämmerungen sind lang und verhüllen auch noch die Hälfte der kümmerlichen Tage. Wovon mögen die Freunde miteinander sprechen? Hoffen wir, daß sie die Flucht vorbereiten.

Denn es entspricht unserer Meinung nach den enttäuschten Männern, ihr Heimweh nach der Einsamkeit zu unterdrücken und mutig auszuharren in der geräuschvollen Leere der Gegenwart. Für hoffnungslose und sentimentale Rebellen und entschlossene Zuschauer hat die Welt noch ein paar Freuden zur Verfügung: den faulen Geruch von Wasser und Fischen in den gewundenen Gassen alter Hafenstädte, den paradiesischen Glanz der Spiegel in den Kellern der geschminkten Mädchen und der blauen Matrosen, den wehmütigen Jubel der Ziehharmonika, der profanen Orgel volkstümlicher Lust, das schöne Brausen der weiten Straßen und Plätze, der Flüsse und Seen aus Asphalt, die grünen und roten Signale in den Bahnhöfen, den gläsernen Hallen der

Sehnsucht; und schließlich die harte und stolze Wehmut der Einsamen, die am Rande der Freuden, der Torheiten und der Schmerzen wandeln.

## Ein Kapitel Revolution

Der Zug brauchte mehr als achtzehn Stunden, um die kurze Strecke zwischen Kursk und Woronesch zurückzulegen. Es war ein kalter und klarer Wintertag. Ein paar karge Stunden schien die Sonne so kräftig von einem dunkelblauen, fast südlichen Himmel, daß die Männer an jeder der häufigen Haltestellen aus den kalten und finstern Waggons hinaussprangen, die Röcke ablegten wie bei einer schweren Arbeit im heißen Sommer, sich mit dem knirschenden Schnee wuschen und von der Luft und der Sonne trocknen ließen. Im Verlauf dieses kleinen Tages hatten sie alle gebräunte Gesichter bekommen wie die Leute im Winter auf den sportlichen Höhen der Schweiz. Aber die Dämmerung kam plötzlich, und ein scharfer, kristallener, gleichmäßiger, singender Wind verschärfte die finstere Kälte der langen Nacht und schien den Frost unaufhörlich zu schleifen, damit er noch schneidender und spitzer werde. Den Fenstern der Waggons fehlten die Scheiben. An ihrer Stelle hatte man Bretter angebracht, Zeitungspapiere und Stoffetzen. Hier und dort flackerte verloren ein kleines Kerzenstümpchen, festgeklebt auf irgendeinem zufälligen metallenen Vorsprung an einer Wand oder an einer Tür, dessen Zweck niemand mehr hätte erklären können und der, so armselig er auch aussah, nur dank seiner Zwecklosigkeit an den längstverschwundenen Luxus der Züge und des Reisens erinnerte. Es waren Wagen erster und dritter Klasse, wie es sich gerade traf, zusammengekoppelt worden, aber alle Passagiere froren. Jedesmal stand ein anderer auf, streifte die Stiefel ab, hauchte hinein, rieb mit den Händen die Füße und zog wieder sorgfältig die Stiefel an, als würde er im Laufe dieser Nacht es nie mehr nötig haben, sie auszuziehen. Andere hielten es für besser, sich alle paar Minuten auf die Zehenspitzen zu stellen und hüpfende Bewegungen zu machen. Einer beneidete den andern, jeder glaubte, der Nachbar hätte es besser, und man hörte im ganzen Zug nur Gespräche über die vermutliche Güte und Wärme dieses Mantels und jener Mütze. Unter den Ärmeln eines Soldaten hatte ein Kamerad graue und rotgestreifte Pulswärmer entdeckt, deren Herkunft sich der Besitzer selbst nicht erklären konnte. Er schwor, daß sie gar nichts nützten. Einer, ein Mann in den Vierzigern, mit einem wild gewachsenen roten Bart, der an einen Henker, einen Waldgeist und einen Schmied zugleich erinnerte, aber noch vor zwei Jahren einen friedlichen Handel mit Nahrungsmitteln betrieben hatte, wollte unbedingt die Pulswärmer sehen. Seit der Revolution, in der er alles verloren hatte, war er von einer Armee zur andern gewandert, bis er endgültig bei den Roten blieb. Er spielte die Rolle eines vielerfahrenen Mannes und eines Propheten, der alles voraussehen konnte. Manches erriet er. Bei aller Harmlosigkeit des Herzens konnte er kaum eine Stunde leben, ohne einen Streit anzufangen. Er sah aus, als langweilte ihn seine so abwechslungsreiche Existenz. Der Besitzer der Pulswärmer war ein schüchterner Bauernjunge aus der Gegend von Tambow, der sie aus Scham nicht hergeben wollte. Er mußte sie sich schließlich von seinem Nachbarn abstreifen lassen, der ein Matrose war, ein Taschenspieler, ein Koch und ein Schneider mit dem Gesicht eines Provinzschauspielers. Der Matrose kannte derlei Gegenstände und erklärte, die Engländer hätten die Pulswärmer erfunden und das ganze menschliche Leben steckte eigentlich in den Pulsen. Daher brauchte man nur sie zu schützen, um sich einen Pelz zu ersparen. Einer nach dem andern zog die wollenen Stückchen an und erklärte, sie heizten wirklich wie Öfen. Der Matrose glaubte zu wissen, das Mädchen, das diese Pulswärmer dem Jungen aus der Tambower Gegend geschenkt hätte, wärme noch besser, und alle fragten, ob es wahr sei.

Die Männer, die sich eben über die Wärme unterhielten, kamen von der sibirischen Front, wo sie die tschechischen Legionäre zurückgeschlagen und wo sie gehofft hatten, längere Zeit zu bleiben und sich von einem Sieg, der in ihren Augen ein entscheidender war, in Wirklichkeit aber nur einen provisorischen Erfolg bedeutete, ein paar Wochen zu erholen. Statt dessen mußten sie in die Ukraine, wo ihnen die Kälte grausamer erschien als in Sibirien, obwohl ihnen ihr Kommandant, der Genosse Berzejew, jeden Tag mit einem Thermometer in der Hand bewies, daß sie mehr als fünfundzwanzig Minusgrade nicht erreichte. Der Rotbärtige sagte, es gäbe nichts, das weniger sicher wäre, als Quecksilber. Er selbst hätte einmal Fieber gehabt und vom Doktor ein Thermometer in den Mund gesteckt bekommen. Als er es herauszog, zeigte es nicht mehr als sechsunddreißig Grad, also ebensoviel wie z. B. ein Fisch. Indessen hätte der Doktor gesagt, der Puls wäre zu schnell für so wenig Wärmegrade, und so sei es auch schließlich mit dem Frost. Warum hätte man auch zwei oder gar drei Arten von Wärme- und Kältegraden? Weil sich eben selbst die Männer der Wissenschaft nicht einig wären, ob Celsius oder Reaumur.

In der Tat froren die Truppen mehr, weil sie langsamer vordrangen, wieder zurückweichen mußten und weil sie es im Süden mit besser organisierten und zahlreicheren feindlichen Kräften zu tun hatten. Auch waren sie immer noch erschöpft von der langen Fahrt, nach der sie sofort wieder in den Kampf geraten waren. Der kleine Bewegungskrieg war ihnen so selbstverständlich geworden, wie es einmal der große Weltkrieg gewesen war, und ebenso, wie sie geduldig monatelang vor der Festung Przemysl und in den Karpaten gelegen waren, wurden ihnen jetzt die kurzen Eilmärsche, die schleppenden Eisenbahnfahrten natürlich, das hastige Ausgraben des Bodens, der Sturmangriff auf ein Dorf und der Kampf um einen Bahnhof, das Handgemenge in der Kirche und das plötzliche Schießen in den Gassen, gedrückt in den Schatten der Häuser. Sie wußten, was morgen kommen sollte, sobald sie die Eisenbahn verließen, aber sie dachten nicht an den Kampf, sondern an Thermometer und Pulswärmer, an allgemeine Dinge und Alltäglichkeiten, an die Politik und an die Revolution. Ja, an die Revolution, von der sie so sprachen, als hätten sie selbst nur wenig mit ihr zu tun und als verliefe sie irgendwo, außerhalb ihrer Reihen, und als wären sie nicht eben im Begriff, Blut für sie zu vergießen. Nur manchmal, wenn zu ihnen eines der Flugblätter und eine der schnellen Zeitungen kamen, wurden sie sich bewußt, daß sie eben selbst die Revolution waren. Es gab in diesem Eisenbahnzug nur einen, der keinen Augenblick vergaß, wozu und in wessen Namen er kämpfte und der es den Soldaten immer wieder sagte: es war Friedrich.

Nach drei langen Monaten, die ihm wie Jahre erschienen waren, kam er in Kursk wieder mit Berzejew zusammen. „Sooft ich dich wiedersehe“, sagte Berzejew, „erscheinst du mir verändert. Das war schon damals so, als wir uns auf der Flucht immer wieder trennen mußten, man könnte sagen, du veränderst dein Gesicht noch schneller als deinen Namen.“

Seit seiner Rückkehr nach Rußland trug Friedrich jenes Pseudonym, unter dem er Artikel in den Zeitungen veröffentlicht hatte. Er gestand es nicht einmal Berzejew, daß er im stillen seinen neuen Namen liebte wie eine Art von Rang, den man sich selbst verleiht. Er liebte ihn als den Ausdruck seiner neuen geliebten Existenz. Er liebte die Kleidung, die er jetzt trug, die Wendungen, die in seinem Gehirn und auf seiner Zunge lagen und die er unermüdlich hersagte und niederschrieb, denn er fand eine Wollust gerade in der Wiederholung. Hundertmal schon hatte er vor den Soldaten dasselbe gesagt, hundertmal schon hatte er in Flugblättern das gleiche geschrieben, und jedesmal erfuhr er, daß es bestimmte Worte gab, die sich niemals abnutzten. Sie glichen den Glocken, die immer den alten Klang erzeugten, aber auch immer einen neuen Schauder, weil sie so hoch und unerreichbar über den Köpfen der Menschen hängen. Es gab Laute, die nicht von menschlichen Zungen geformt, sondern mitten unter die Tausende Worte der irdischen Sprache von unbekannten Winden getragen, verweht worden waren, aus überweltlichen Sphären. Es gab das Wort: „Freiheit“. Ein Wort, so unermeßlich wie der Himmel, so unerreichbar einer menschlichen Hand wie ein Gestirn. Dennoch geschaffen von der Sehnsucht der Menschen, die immer wieder nach ihm griff, und getränkt von dem roten Blut Millionen Toter. Wie viele Male hatte er schon die Phrase: wir wollen eine neue Welt, wiederholt, und immer war die Wendung ebenso neu, wie das, was sie ausdrückte. Und immer wieder fiel sie wie ein plötzliches Licht über ein fernes Land. Es gab das Wort: „Volk“. Sprach er es vor den Soldaten aus, die er für Volk hielt, so war es ihm, als hielte er einem Licht einen Spiegel entgegen, der es verstärkte. Wie hatte er sich damals, als er noch kluge Vorträge vor den jungen Arbeitern hielt, um neue und deutlichere Worte bemüht, und wie wenig gab es eigentlich zu sagen. Wieviel nutzlose Worte zählte die Sprache, solange die wenigen einfachen noch nicht ihr Recht, ihr Maß und ihre Wirklichkeit hatten. Brot war nicht Brot, solange es nicht alle aßen und solange sein Klang von dem des Hungers begleitet wurde wie ein Körper vom Schatten. Man kam mit wenigen Gedanken, ein paar Worten und einer Leidenschaft aus, die keinen Namen hatte. Sie war Haß und Liebe zugleich. Er glaubte sie in seiner Hand zu halten, wie ein Licht, mit dem man leuchtet und mit dem man anzündet. Vertraut war ihm der Mord geworden, wie Trinken und Essen. Es gab keine andere Art des Hassens. Vernichten, Vernichten! Was die Augen tot sahen, das allein war verschwunden. Erst die Leiche des Feindes war nicht mehr Feind. In verbrannten Kirchen konnte man nicht mehr beten. Es schien, daß alle seine Kräfte sich in dieser einen Leidenschaft versammelt hatten wie Regimenter auf dem Schlachtfeld. In ihr war der Ehrgeiz seiner Jugendtage, der Haß gegen den Onkel seiner Mutter und die Vorgesetzten im Büro, der Neid gegen die Kinder der reichen Häuser, die Sehnsucht nach der „Welt", die törichte Erwartung der Frau, die wunderbare Seligkeit, mit der man in ihr versank, die Bitterkeit seiner einsamen Stunden, seine angeborene Tücke, sein geübter Verstand, die Schärfe seines Auges und selbst noch seine Feigheit und seine Neigung zu Furcht. Ja, auch mit Hilfe der Angst gewann er Schlachten, und mit jener blitzschnellen Klugheit, von der man nur in Sekunden der Lebensgefahr begnadet ist, begriff er die fremden Gesetze der militärischen Strategie. Er übersetzte ins Taktisch-Militärische, was ihm seine angeborene Tücke seit seiner frühesten Jugend diktiert hatte. Er wurde ein Meister in der Kunst, den Feind zu belauschen. In verschiedenen Verkleidungen ging er in die Dörfer und Städte des Gegners, dem mutwilligen Spiel seiner Phantasie, den romantischen Neigungen seiner Natur, den gefährlichen Ausflügen, die ihm seine private Neugier diktierte, waren keine Grenzen gesetzt. Weder konnte ihn in der Verwirrung dieses Bürgerkriegs ein vorgesetztes Kommando überwachen, noch war der Feind stark genug organisiert, um eine nüchterne Unternehmung nach den nüchternen Regeln des modernen Kriegs anzufangen. Man überschätzt die Gefahr, wenn man sie nicht kennt, dachte Friedrich. In Wirklichkeit ist sie ein Zustand, an den man sich gewöhnt wie an ein bürgerliches Leben mit geregelten Mittagsstunden. Man kann geradezu von einem Spießertum der Gefahr sprechen. Die alte Frage: haben Sie es nötig gehabt? hörte er lächelnd in seinen Ohren klingen und lächelnd antwortete er: ja. Er hatte es nötig gehabt! Man kommt nicht wehrlos, heimatlos und geächtet auf eine feindliche Welt und läßt ihr ihren Lauf. Man hat seinen Verstand nicht, um ihn in den Dienst der Dummheit zu stellen, und die Augen nicht, um Blinde zu führen. „Ich hätte Minister werden können", sagte er, – trotz allem, nicht ohne einen kleinen Stolz. „Wir ziehen es vor, die Minister aufzuhängen."

„Ich hätte dich für klüger gehalten", antwortete Berzejew. „Du warst so gescheit unentschlossen, so angenehm richtungslos, so privat ohne öffentliche Leidenschaft – –"

Friedrich fiel ihm ins Wort: „Es ist nicht meine Welt, in die ich zufällig durch die Geburt gefallen bin, ich hatte nichts in ihr zu tun. Ich habe jetzt etwas zu tun. Ich lebte immer in dem Gefühl, meine Zeit versäumt zu haben, ich wußte nicht, daß ich sie noch erleben würde."

Er führte seinen eigenen Krieg, er hatte persönlich mit der Welt abzurechnen. Er hatte seine eigene Taktik, Berzejew nannte sie eine antimilitärische. „Es ist eine unbürgerliche", erwiderte Friedrich. „Die des bürgerlichen Generals ist eine wortlose, also eine geistlose. Der bürgerliche Kommandant kämpft mit Hilfe des Befehls. Wir kämpfen mit Hilfe der Rede." Und er versammelte noch einmal seine Kameraden, und er sagte noch einmal die alten, neuen Worte: „Freiheit" und „neue Welt".

„Eure Offiziere im großen Krieg haben euch „stillgestanden" kommandiert, wir, eure Genossen-Kommandanten rufen euch das Gegenteil zu: vorwärts! Eure Offiziere haben euch befohlen, das Maul zu halten, wir fordern euch auf, „es lebe die Revolution!" zu rufen. Eure Offiziere haben euch befohlen zu gehorchen, wir bitten euch zu verstehen. Dort hat man euch gesagt, sterbt für den Zaren, und wir sagen euch: lebt, aber wenn ihr sterben sollt, dann für euch selbst."

Ein Jubel erhob sich. „Es lebe die Revolution", schrien die Leute. Schüchtern flüsterte Berzejew:

„Du bist ein Demagoge."

„Ich glaube an jedes Wort, was ich sage", erwiderte Friedrich.

Sobald sie in einen eroberten Ort einrückten, ließ er die verhafteten Bürger vorführen, die Gesichter vor ihm in einer Reihe. Ein stiller Wahn beherrschte ihn. Er fand Ähnlichkeiten zwischen den Fremden und den Gesichtern bekannter Bürger. Er haßte die ganze Klasse, wie man eine bestimmte Art von Tieren haßt. Der eine sah aus wie der Schriftsteller, den er bei Hilde getroffen hatte, der andere wie der Dr. Süßkind, der dritte wie der sozialdemokratische Parteiführer, den er während des Krieges in M. in Deutschland aufgesucht hatte. Er ließ sie alle wieder gehen. Einmal geriet ihm ein harmloser Bankdirektor in die Hände, dessen Gesicht ihm vertraut vorkam. „Wie heißt du?" fragte er. „Kargan", flüsterte der Mann. „Bist du ein Bruder Kargans aus Triest?" – „Ein Vetter." – „Wenn du ihm schreibst", sagte Friedrich, „grüße ihn von mir." Der Mann fürchtete eine Falle. „Ich schreibe ihm nie", sagte er. „Wie groß ist dein Vermögen?" fragte Friedrich. „Alles verloren", stammelte der Mann. „Ich hatte ein blühendes Geschäft", erzählte er weiter. „Fünfzig Angestellte in der Bank und eine kleine Fabrik, Hülsenerzeugung." – „Das Bild eines Herrschers", sagte Friedrich zu Berzejew, „in feudalen Zeiten war ein Herr über fünfzig Angestellte ein Herr. Der da ist eine Schnecke, der Vetter des Onkels meiner Mutter." Er sah zu, wie die großen Tränen über das Gesicht des Direktors rannen.

Einmal begegnete er auf der Straße einem Mann, der noch ein paar Überreste einer alten Eleganz behalten hatte. „Laß ihn laufen, komm", sagte Berzejew. „Ich kann nicht", meinte Friedrich. „Ich muß mich erinnern, wem er ähnlich sieht." Der Mann fing an zu rennen. Sie verfolgten ihn, hielten ihn fest. Friedrich sah ihn genau an. „Ich weiß schon", rief er und ließ den Fremden los. „Er sieht dem Operettenkomponist L. ähnlich. Erinnerst du dich an die Photographie in den illustrierten Blättern? Er hat einen Walzercourage im Gesicht." Und zufrieden begann er zu singen: „Es gibt Dinge, die muß man vergessen, sie sind zu schön, um wirklich zu sein."

Er wußte allerdings nicht, daß er allmählich selbst anfing, ein Objekt illustrierter und nicht illustrierter Zeitungen der bürgerlichen Welt zu werden, deren größter Teil noch lange nicht vernichtet war. Er wußte nicht, daß die Berichterstatter von zehn großen Blättern seinen Namen hinaustelegraphierten, sooft sie nichts anderes mitzuteilen wußten, und daß sich die gewaltige Maschinerie der öffentlichen Meinung seiner bemächtigte, jener Mechanismus, der die Sensationen erzeugt, das Rohmaterial der Weltgeschichte. Er las keine Zeitungen. Er wußte nicht, daß er jeden dritten Tag in der Reihe der Männer figurierte, die unter dem Titel „Die blutigen Henker" eine ständige Rubrik in der Presse bildeten, neben der Rubrik über Boxer, Operettenkomponisten, Dauerläufer, Wunderkinder und Aviatiker. Er unterschätzte – wie alle einsichtigeren seiner Genossen auch – die geheimnisvolle Technik der defensiven Methode der Gesellschaft, die darin bestand, das Außergewöhnliche durch Übertreibung wie durch Detaillierung gewöhnlich zu machen und durch tausend wohlinformierte Quellen bestätigen zu lassen, daß die Rätsel der Zeitgeschichte aus authentischen Vorgängen bestehen. Er wußte nicht, daß diese Welt zu alt geworden war für Geräusche und daß die Technik sich der legendären Stoffe bemächtigen konnte, um ewige Wahrheiten in aktuelle zu verwandeln. Er vergaß, daß die Grammophone da waren, um die Donner der Geschichte wiederzugeben, und der Film, um die Blutbäder wie die Pferderennen aufzunehmen.

Er war naiv – – – denn er war ein Revolutionär.

## Der Leviathan

### *1*

In dem kleinen Städtchen Progrody lebte einst ein Korallenhändler, der wegen seiner Redlichkeit und wegen seiner guten, zuverlässigen Ware weit und breit in der Umgebung bekannt war. Aus den fernen Dörfern kamen die Bäuerinnen zu ihm, wenn sie zu besonderen Anlässen einen Schmuck brauchten. Leicht hätten sie in ihrer Nähe schon noch andere Korallenhändler gefunden, aber sie wußten, daß sie dort nur alltäglichen Tand und billigen Flitter bekommen konnten. Deshalb legten sie in ihren kleinen ratternden Wägelchen manchmal viele Werst zurück, um nach Progrody zu gelangen, zu dem berühmten Korallenhändler Nissen Piczenik.

Gewöhnlich kamen sie an jenen Tagen, an denen der Jahrmarkt stattfand. Am Montag war Pferdemarkt, am Donnerstag Schweinemarkt. Die Männer betrachteten und prüften die Tiere, die Frauen gingen in unregelmäßigen Gruppen, barfuß und die Stiefel über die Schultern gehängt, mit den bunten, auch an trüben Tagen leuchtenden Kopftüchern in das Haus Nissen Piczeniks. Die harten nackten Sohlen trommelten gedämpft und fröhlich auf den hohlen Brettern des hölzernen Bürgersteigs und in dem weiten kühlen Flur des alten Hauses, in dem der Händler wohnte. Aus dem gewölbten Flur gelangte man in einen stillen Hof, wo zwischen den unregelmäßigen Pflastersteinen sanftes Moos wucherte und in der warmen Jahreszeit einzelne Gräslein sprossen. Hier kamen den Bäuerinnen schon die Hühner Piczeniks freundlich entgegen, voran die Hähne mit den stolzen Kämmen, die so rot waren wie die rötesten Korallen.

Man mußte dreimal an die eiserne Tür klopfen, an der ein eiserner Klöppel hing. Dann öffnete Piczenik eine kleine Luke, die in die Tür eingeschnitten war, sah die Leute, die Einlaß heischten, schob den Riegel zurück und ließ die Bäuerinnen eintreten. Bettlern, wandernden Sängern, Zigeunern und den Männern mit den tanzenden Bären pflegte er durch die Luke ein Almosen zu reichen. Er mußte recht vorsichtig sein, denn auf allen Tischen in seiner geräumigen Küche wie im Wohnzimmer lagen die edlen Korallen in großen, kleinen, mittleren Haufen, verschiedene Völker und Rassen von Korallen durcheinandergemischt oder auch bereits nach ihrer Eigenart und Farbe geordnet. Man hatte nicht zehn Augen im Kopf, um jeden Bettler zu beobachten, und Piczenik wußte, daß die Armut die unwiderstehliche Verführerin zur Sünde ist. Zwar stahlen manchmal auch wohlhabende Bäuerinnen; denn die Frauen erliegen leicht der Lust, sich den Schmuck, den sie bequem kaufen könnten, heimlich und unter Gefahr anzueignen. Aber bei den Kunden drückte der Händler eines seiner wachsamen Augen zu und ein paar Diebstähle kalkulierte er auch in die Preise ein, die er für seine Ware forderte.

Er beschäftigte nicht weniger als zehn Fädlerinnen, hübsche junge Mädchen, mit guten, sicheren Augen und feinen Händen. Die Mädchen saßen in zwei Reihen an einem langen Tisch und angelten mit zarten Nadeln nach den Korallen. Also entstanden die schönen regelmäßigen Schnüre, an deren Enden die kleinsten Korallen, in deren Mitte die größten und leuchtendsten steckten. Bei dieser Arbeit sangen die Mädchen im Chor. Und im Sommer, an heißen, blauen und sonnigen Tagen, war im Hof der lange Tisch aufgestellt, an dem die fädelnden Frauen saßen, und ihren sommerlichen Gesang hörte man im ganzen Städtchen, und er übertönte die schmetternden Lerchen unter dem Himmel und die zirpenden Grillen in den Gärten.

Es gibt viel mehr Arten von Korallen, als die gewöhnlichen Leute wissen, die sie nur aus den Schaufenstern oder Läden kennen. Es gibt geschliffene und ungeschliffene vor allem; ferner flach an den Rändern geschnittene und kugelrunde; dornen- und stäbchenartige, die wie Stacheldraht aussehn; gelblich leuchtende, fast weißrote Korallen von der Farbe, wie sie manchmal die oberen Ränder der Teerosenblätter zeigen, gelblich-rosa, rosa, ziegelrote, rübenrote, zinnoberfarbene und schließlich die Korallen, die aussehen wie feste runde Blutstropfen. Es gibt ganz- und halbrunde; Korallen, die wie kleine Fäßchen, andere, die wie Zylinderchen aussehen; es gibt gerade, schiefgewachsene und sogar bucklige Korallen. Es gibt Sterne, Stacheln, Zinken, Blüten. Denn die Korallen sind die edelsten Pflanzen der ozeanischen Unterwelt, Rosen für die launischen Göttinnen der Meere, so reich an Formen und Farben, wie die Launen dieser Göttinnen selbst.

Wie man sieht, hielt Nissen Piczenik keinen offenen Laden. Er betrieb das Geschäft in seiner Wohnung, das heißt: er lebte mit den Korallen, Tag und Nacht, Sommer und Winter, und da in seiner Stube wie in seiner

Küche die Fenster in den Hof gingen und obendrein von dichten eisernen Gittern geschützt waren, herrschte in dieser Wohnung eine schöne geheimnisvolle Dämmerung, die an Meeresgrund erinnerte, und es war, als wüchsen dort die Korallen, und nicht, als würden sie gehandelt. Ja, dank einer besonderen, geradezu geflissentlichen Laune der Natur war Nissen Piczenik, der Korallenhändler, ein rothaariger Jude, dessen kupferfarbenes Ziegenbärtchen an eine Art rötlichen Tangs erinnerte und dem ganzen Mann eine frappante Ähnlichkeit mit einem Meergott verlieh. Es war, als schüfe oder pflanzte und pflückte er selbst die Korallen, mit denen er handelte. Und so stark war die Beziehung seiner Ware zu seinem Aussehen, daß man ihn nicht nach seinem Namen im Städtchen Progrody nannte, mit der Zeit diesen sogar vergaß und ihn lediglich nach seinem Beruf bezeichnete. Man sagte zum Beispiel: Hier kommt der Korallenhändler – als gäbe es in der ganzen Welt außer ihm keinen anderen.

Nissen Piczenik hatte in der Tat eine familiäre Zärtlichkeit für Korallen. Von den Naturwissenschaften weit entfernt, ohne lesen und schreiben zu können – denn er hatte niemals eine Schule besucht, und er konnte nur unbeholfen seinen Namen zeichnen –, lebte er in der Überzeugung, daß die Korallen nicht etwa Pflanzen seien, sondern lebendige Tiere, eine Art winziger, roter Seetiere – – – und kein Professor der Meereskunde hätte ihn eines Besseren belehren können. Ja, für Nissen Piczenik lebten die Korallen noch, nachdem sie gesägt, zerschnitten, geschliffen, sortiert und gefädelt worden waren. Und er hatte vielleicht recht. Denn er sah mit eigenen Augen, wie seine rötlichen Korallenschnüre an den Busen kranker oder kränklicher Frauen allmählich zu verblassen begannen, an den Busen gesunder Frauen aber ihren Glanz behielten. Im Verlauf seiner langen Korallenhändler-Praxis hatte er oft bemerkt, wie Korallen, die blaß – trotz ihrer Röte – und immer blasser in seinen Schränken gelegen waren, plötzlich zu leuchten begannen, wenn sie um den Hals einer schönen jungen und gesunden Bäuerin gehängt wurden, als nährten sie sich von dem Blut der Frauen. Manchmal brachte man dem Händler Korallenschnüre zum Rückkauf, er erkannte sie, die Kleinodien, die er einst selbst gefädelt und behütet hatte – und er erkannte sofort, ob sie von gesunden oder kränklichen Frauen getragen worden waren.

Er hatte eine eigene, ganz besondere Theorie von den Korallen. Seiner Meinung nach waren sie, wie gesagt, Tiere des Meeres, die gewissermaßen nur aus kluger Bescheidenheit Bäume und Pflanzen spielten, um nicht von den Haifischen angegriffen oder gefressen zu werden. Es war die Sehnsucht der Korallen, von den Tauchern gepflückt und an die Oberfläche der Erde gebracht, geschnitten, geschliffen und aufgefädelt zu werden, um endlich ihrem eigentlichen Daseinszweck zu dienen: nämlich, der Schmuck schöner Bäuerinnen zu werden. Hier erst, an den weißen festen Hälsen der Weiber, in innigster Nachbarschaft mit der lebendigen Schlagader, der Schwester der weiblichen Herzen, lebten sie auf, gewannen sie Glanz und Schönheit und übten die ihnen angeborene Zauberkraft aus, Männer anzuziehen und deren Liebeslust zu wecken. Zwar hatte der alte Gott Jehovah alles selbst geschaffen, die Erde und ihr Getier, die Meere und alle ihre Geschöpfe. Dem Leviathan aber, der sich auf dem Urgrund aller Wasser ringelte, hatte Gott selbst für eine Zeitlang, bis zur Ankunft des Messias nämlich, die Verwaltung über die Tiere und Gewächse des Ozeans, insbesondere über die Korallen, anvertraut.

Nach all dem, was hier erzählt ist, könnte man glauben, daß der Händler Nissen Piczenik als eine Art Sonderling bekannt war. Dies war keineswegs der Fall. Piczenik lebte in dem Städtchen Progrody als ein unauffälliger, bescheidener Mensch, dessen Erzählungen von den Korallen und dem Leviathan ganz ernst genommen wurden, als Mitteilungen eines Mannes vom Fach nämlich, der sein Gewerbe ja kennen mußte, wie der Tuchhändler Manchesterstoffe von deutschem Perkal unterschied und der Teehändler den russischen Tee der berühmten Firma Popoff von dem englischen Tee, den der ebenso berühmte Lipton aus London lieferte. Alle Einwohner von Progrody und Umgebung waren überzeugt, daß die Korallen lebendige Tiere sind und daß sie von dem Urfisch Leviathan in ihrem Wachstum und Benehmen unter dem Meere bewacht werden. Es konnte nicht daran gezweifelt werden, da es ja Nissen Piczenik selbst erzählt hatte.

Die schönen Fädlerinnen arbeiteten oft bis spät in die Nacht und manchmal sogar nach Mitternacht im Hause Nissen Piczeniks. Nachdem sie sein Haus verlassen hatten, begann der Händler selbst, sich mit seinen Steinen, will sagen: Tieren zu beschäftigen. Zuerst prüfte er die Ketten, die seine Mädchen geschaffen hatten, hierauf zählte er die Häufchen der noch nicht und der schon nach ihrer Rasse und Größe geordneten Korallen, dann begann er, selbst zu sortieren und mit seinen rötlich behaarten, starken und feinfühligen Fingern jede einzelne Koralle zu befühlen, zu glätten, zu streicheln. Es gab wurmstichige Korallen. Sie hatten Löcher an den Stellen, an denen Löcher keineswegs zu brauchen waren. Da hatte der sorglose Leviathan einmal nicht aufgepaßt. Und um ihn zurechtzuweisen, zündete Nissen Piczenik eine Kerze an, hielt ein Stück roten Wachses über die Flamme, bis es heiß und flüssig ward, und verstopfte mittels einer feinen Nadel, deren Spitze er in das Wachs getaucht hatte, die Wurmbohrungen im Stein. Dabei schüttelte er den Kopf, als begriffe er nicht, daß ein so mächtiger Gott wie Jehovah einem so leichtsinnigen Fisch wie dem Leviathan die Obhut über die Korallen hatte überlassen können.

Manchmal, aus purer Freude an den Steinen, fädelte er selbst Korallen, bis der Morgen graute und die Zeit gekommen war, das Morgengebet zu sagen. Die Arbeit ermüdete ihn keineswegs, er fühlte keinerlei Schwäche. Seine Frau schlief noch, unter der Decke. Er warf einen kurzen, gleichgültigen Blick auf sie. Er haßte sie nicht, er liebte sie nicht, sie war eine der vielen Fädlerinnen, die bei ihm arbeiteten, weniger hübsch und reizvoll als die meisten. Zehn Jahre war er schon mit ihr verheiratet, sie hatte ihm keine Kinder geschenkt – und das allein wäre ihre Aufgabe gewesen. Eine fruchtbare Frau hätte er gebraucht, fruchtbar wie die See, auf deren Grunde so viele Korallen wuchsen. Seine Frau aber war ein trockener Teich. Mochte sie schlafen, allein, so viele Nächte sie wollte! Das Gesetz hätte ihm erlaubt, sich von ihr scheiden zu lassen. Aber inzwischen waren ihm Kinder und Frauen gleichgültig geworden. Er liebte die Korallen. Und ein unbestimmtes Heimweh war in seinem Herzen, er hätte sich nicht getraut, es bei Namen zu nennen: Nissen

Piczenik, geboren und aufgewachsen mitten im tiefsten Kontinent, sehnte sich nach dem Meere.

Ja, er sehnte sich nach dem Meer, auf dessen Grund die Korallen wuchsen, vielmehr, sich tummelten – nach seiner Überzeugung. Weit und breit gab es keinen Menschen, mit dem er von seiner Sehnsucht hätte sprechen können, in sich verschlossen mußte er es tragen, wie die See die Korallen trug. Er hatte von Schiffen gehört, von Tauchern, von Kapitänen, von Matrosen. Seine Korallen kamen in wohl verpackten Kisten, an denen noch der Seegeruch haftete, aus Odessa, Hamburg oder Triest. Der öffentliche Schreiber in der Post erledigte ihm seine Geschäftskorrespondenz. Die bunten Marken auf den Briefen der fernen Lieferanten betrachtete er ausführlich, bevor er die Umschläge wegwarf. Nie in seinem Leben hatte er Progrody verlassen. In diesem kleinen Städtchen gab es keinen Fluß, nicht einmal einen Teich, nur Sümpfe ringsherum, und man hörte wohl unter der grünen Oberfläche das Wasser glucksen, aber man sah es niemals. Nissen Piczenik bildete sich ein, daß es einen geheimen Zusammenhang zwischen dem verborgenen Gewässer der Sümpfe und den gewaltigen Wassern der großen Meere gebe – und daß auch tief unten, in den Sümpfen, Korallen vorhanden sein könnten. Er wußte, daß er, wenn er diese Ansicht jemals geäußert hätte, zum Gespött des Städtchens geworden wäre. Er schwieg daher und erwähnte seine Ansichten nicht. Er träumte manchmal davon, daß das große Meer – er wußte nicht, welches, er hatte niemals eine Landkarte gesehen, und alle Meere der Welt waren für ihn einfach: das große Meer – eines Tages Rußland überschwemmen würde – und zwar just jene Hälfte, auf der er lebte. Dann wäre also die See, zu der er niemals zu gelangen hoffte, zu ihm gekommen, die gewaltige unbekannte See mit dem unmeßbaren Leviathan auf ihrem Grunde und mit all ihren süßen und herben und salzigen Geheimnissen.

Der Weg von dem Städtchen Progrody zum kleinen Bahnhof, in dem nur dreimal in der Woche die Züge ankamen, führte zwischen den Sümpfen vorbei. Und immer, auch wenn Nissen Piczenik keine Korallensendungen zu erwarten hatte, und selbst an den Tagen, an denen keine Züge kamen, ging er zum Bahnhof, das heißt, zu den Sümpfen. Am Rande des Sumpfes stand er eine Stunde und länger und hörte das Quaken der Frösche andächtig, als könnten sie ihm vom Leben auf dem Grunde der Sümpfe berichten, und glaubte manchmal in der Tat, allerhand Berichte empfangen zu haben. Im Winter, wenn die Sümpfe gefroren waren, wagte er sogar, seinen Fuß auf sie zu setzen, und das bereitete ihm ein sonderbares Vergnügen. Am faulen Geruch des Sumpfes erkannte er ahnungsvoll den gewaltig herben Duft des großen Meeres, und das leise kümmerliche Glucksen der unterirdischen Gewässer verwandelte sich in seinen hellhörigen Ohren in ein Rauschen der riesigen grünblauen Wogen. Im Städtchen Progrody aber wußte kein Mensch, was sich alles in der Seele des Korallenhändlers abspielte. Alle Juden hielten ihn für ihresgleichen. Der handelte mit Stoffen und jener mit Petroleum; einer verkaufte Gebetmäntel, der andere Wachskerzen und Seife, der dritte Kopftücher für Bäuerinnen und Taschenmesser; einer lehrte die Kinder beten, der andere rechnen, der dritte handelte mit Kwas und Kukuruz und gesottenen Saubohnen. Und ihnen allen schien es, Nissen Piczenik sei ihresgleichen – nur handele er eben mit Korallen.

Indessen war er – wie man sieht – ein ganz Besonderer.

2

Er hatte arme und reiche Kunden, ständige und zufällige. Zu seinen reichen Kunden zählte er zwei Bauern aus der Umgebung, von denen der eine, nämlich Timon Semjonowitsch, Hopfen angepflanzt hatte und jedes Jahr, wenn die Kommissionäre aus Nürnberg, Saaz und Judenburg kamen, eine Menge glücklicher Abschlüsse machte. Der andere Bauer hieß Nikita Iwanowitsch. Der hatte nicht weniger als acht Töchter gezeugt, von denen eine nach der anderen heiratete und von denen jede Korallen brauchte. Die verheirateten Töchter – bis jetzt waren es vier – bekamen, kaum zwei Monate nach der Vermählung, Kinder – und es waren wieder Töchter – und auch diese brauchten Korallen; als Säuglinge schon, um den bösen Blick abzuwenden. Die Mitglieder dieser zwei Familien waren die vornehmsten Gäste im Hause Nissen Piczeniks. Für die Töchter beider

Bauern, ihre Enkel und Schwiegersöhne hatte der Händler den guten Schnaps bereit, den er in seinem Kasten aufbewahrte, einen selbstgebrannten Schnaps, gewürzt mit Ameisen, trockenen Schwämmen, Petersilie und Tausendgüldenkraut. Die anderen gewöhnlichen Kunden begnügten sich mit einem gewöhnlichen gekauften Wodka. Denn es gab in jener Gegend keinen richtigen Kauf ohne Trunk. Käufer und Verkäufer tranken, damit das Geschäft beiden Gewinn und Segen bringe. Auch Tabak lag in Haufen in der Wohnung des Korallenhändlers, vor dem Fenster, von feuchten Löschblättern überdeckt, damit er frisch bleibe. Denn die Kunden kamen zu Nissen Piczenik nicht, wie Menschen in einen Laden kommen, einfach, um die Ware zu kaufen, zu bezahlen und wieder wegzugehn. Die meisten Kunden hatten einen Weg von vielen Werst zurückgelegt, und sie waren nicht nur Kunden, sondern auch Gäste Nissen Piczeniks. Er gab ihnen zu trinken, zu rauchen und manchmal auch zu essen. Die Frau des Händlers kochte Kascha mit Zwiebeln, Borschtsch mit Sahne, sie briet Äpfel am Rost, Kartoffeln und im Herbst Kastanien. So waren die Kunden nicht nur Kunden, sondern auch Gäste im Hause Piczeniks. Manchmal mischten sich die Bäuerinnen, während sie nach passenden Korallen suchten, in den Gesang der Fädlerinnen; alle sangen sie zusammen, und sogar Nissen Piczenik begann, vor sich hin zu summen; und seine Frau rührte im Takt den Löffel am Herd. Kamen dann die Bauern vom Markt oder aus der Schenke, um ihre Frauen abzuholen und deren Einkäufe zu bezahlen, so mußte der Korallenhändler auch mit ihnen Schnaps oder Tee trinken und eine Zigarette rauchen. Und jeder alte Kunde küßte sich mit dem Händler wie mit einem Bruder.

Denn wenn wir einmal getrunken haben, sind alle guten und redlichen Männer unsere Brüder, und alle lieben Frauen unsere Schwestern – und es gibt keinen Unterschied zwischen Bauer und Händler, Jud' und Christ; und wehe dem, der das Gegenteil behaupten wollte!

## 3

Jedes neue Jahr wurde Nissen Piczenik unzufriedener mit seinem friedlichen Leben, ohne daß es jemand in dem Städtchen Progrody gemerkt hätte. Wie alle Juden, ging auch der Korallenhändler zweimal jeden Tag, morgens und abends, ins Bethaus, feierte die Feiertage, fastete an den Fasttagen, legte Gebetriemen und Gebetmantel an, schaukelte seinen Oberkörper, unterhielt sich mit den Leuten, sprach von Politik, vom russisch-japanischen Krieg, überhaupt von allem, was in den Zeitungen stand und was die Welt bewegte. Aber die Sehnsucht nach dem Meere, der Heimat der Korallen, trug er im Herzen, und aus den Zeitungen, die zweimal in der Woche nach Progrody kamen, ließ er sich, da er sie nicht entziffern konnte, etwaige maritime Nachrichten zuerst vorlesen. Ähnlich wie von den Korallen hatte er vom Meer eine ganz besondere Vorstellung. Zwar wußte er, daß es viele Meere in der Welt gab, das wirkliche, eigentliche Meer aber war jenes, das man durchqueren mußte, um nach Amerika zu gelangen.

Nun ereignete es sich eines Tages, daß der Sohn des Barchenthändlers Alexander Komrower, der vor drei Jahren eingerückt und zur Marine gekommen war, auf einen kurzen Urlaub heimkehrte. Kaum hatte der Korallenhändler von der Rückkehr des jungen Komrower gehört, da erschien er auch schon in dessen Hause und begann, den Matrosen nach allen Geheimnissen der Schiffe, des Wassers und der Winde auszufragen. Während alle Welt in Progrody überzeugt war, daß sich der junge Komrower lediglich infolge seiner Dummheit auf die gefährlichen Ozeane hatte verschleppen lassen, betrachtete der Korallenhändler den Matrosen als einen begnadeten Jungen, dem die Ehre und das Glück zuteil geworden war, gewissermaßen ein Vertrauter der Korallen zu werden, ja, ein Verwandter der Korallen. Und man sah den fünfundvierzigjährigen Nissen Piczenik mit dem zweiundzwanzigjährigen Komrower Arm in Arm über den Marktplatz des Städtchens streichen, stundenlang. – Was will er vom Komrower? – fragten sich die Leute. – Was will er eigentlich von mir? – fragte sich auch der Junge.

Während des ganzen Urlaubs, den der junge Mann in Progrody verbringen durfte, wich der Korallenhändler fast nicht von seiner Seite. Sonderbar erschienen dem Jungen die Fragen des Älteren, wie zum Beispiel diese:

„Kann man mit einem Fernrohr bis auf den Grund des Meeres sehen?“

„Nein“ – sagte der Matrose – „mit dem Fernrohr schaut man nur in die Weite, nicht in die Tiefe.“

„Kann man“ – fragte Nissen Piczenik weiter – „wenn man Matrose ist, sich auf den Grund des Meeres fallen lassen?“

„Nein“ – sagte der junge Komrower – „wenn man ertrinkt, dann sinkt man wohl auf den Grund des Meeres.“

„Der Kapitän kann's auch nicht?“

„Auch der Kapitän kann es nicht.“

„Hast du schon einen Taucher gesehen?“

„Manchmal“ – sagte der Matrose.

„Steigen die Tiere und Pflanzen des Meeres manchmal an die Oberfläche?“

„Nur die Fische und die Walfische, die eigentlich keine Fische sind.“

„Beschreibe mir“ – sagte Nissen Piczenik – „wie das Meer aussieht.“

„Es ist voller Wasser“ – sagte der Matrose Komrower.

„Und ist es so weit, wie ein großes Land, eine weite Ebene zum Beispiel, auf der kein Haus steht?“

„So weit ist es – und noch weiter!“ – sagte der junge Matrose. „Und es ist so, wie Sie sagen: eine weite Ebene, und hie und da sieht man ein Haus, das ist aber sehr selten, und es ist gar kein Haus, sondern ein Schiff.“

„Wo hast du die Taucher gesehen?“

„Es gibt bei uns“ – sagte der Junge – „bei der Militärmarine Taucher. Aber sie tauchen nicht, um Perlen oder Austern oder Korallen zu fischen.

Es ist eine militärische Übung, zum Beispiel für den Fall, daß ein Kriegsschiff untergeht, und dann müßte man wertvolle Instrumente oder Waffen herausholen."

„Wieviel Meere gibt es in der Welt?"

„Das kann ich Ihnen nicht sagen" – erwiderte der Matrose – „wir haben es zwar in der Instruktionsstunde gelernt, aber ich habe nicht achtgegeben. Ich kenne nur das Baltische Meer, die Ostsee, das Schwarze Meer und den großen Ozean."

„Welches Meer ist das tiefste?"

„Weiß ich auch nicht."

„Wo finden sich die meisten Korallen?"

„Weiß ich auch nicht."

„Hm, hm" – machte der Korallenhändler Piczenik – „schade, daß du es nicht weißt."

Am Rande des Städtchens, dort, wo die Häuschen Progrodys immer kümmerlicher wurden, bis sie schließlich ganz aufhörten und die weite bucklige Straße zum Bahnhof begann, stand die Schenke Podgorzews, ein schlecht beleumundetes Haus, in dem Bauern, Taglöhner, Soldaten, leichtfertige Mädchen und nichtswürdige Burschen verkehrten. Eines Tages sah man dort den Korallenhändler Piczenik mit dem Matrosen Komrower eintreten. Man reichte ihnen kräftigen, dunkelroten Met und gesalzene Erbsen. „Trink mein Junge! Trink und iß, mein Junge!" – sagte Nissen Piczenik väterlich zu dem Matrosen. Dieser trank und aß fleißig, denn so jung er auch war, so hatte er doch schon einiges in den Häfen gelernt, und nach dem Met gab man ihm einen schlechten sauren Wein und nach dem Wein einen neunziggrädigen Schnaps. Während er den Met trank, war er so schweigsam, daß der Korallenhändler fürchtete, er würde nie mehr etwas von dem Matrosen über die Wasser hören, sein Wissen sei einfach erschöpft. Nach dem Wein aber begann der kleine Komrower, sich mit dem Wirt Podgorzew zu unterhalten, und als der Neunziggrädige kam, sang er mit lauter Stimme ein Liedchen nach dem anderen, wie ein richtiger Matrose. „Bist du aus unserem lieben Städtchen?“ – fragte der Wirt. – „Gewiß, ein Kind eures Städtchens – meines – unseres lieben Städtchens“ – sagte der Matrose, ganz so, als wäre er nicht der Sohn des behäbigen Juden Komrower, sondern ein ganzer Bauernjunge. Ein paar Tagediebe und Landstreicher setzten sich an den Tisch neben Nissen Piczenik und den Matrosen, und als der Junge das Publikum sah, fühlte er sich von einer fremdartigen Würde erfüllt, so einer Würde, von der er gedacht hatte, nur Seeoffiziere könnten sie besitzen. Und er munterte die Leute auf: „Fragt, Kinderchen, fragt nur! Auf alles kann ich euch antworten. Seht, diesem lieben Onkel hier, ihr kennt ihn wohl, er ist der beste Korallenhändler im ganzen Gouvernement, ihm habe ich schon vieles erzählt!“ Nissen Piczenik nickte. Und da es ihm nicht behaglich in dieser fremdartigen Gesellschaft war, trank er einen Met und noch einen. Allmählich kamen ihm all die verdächtigen Gesichter, die er immer nur durch seine Türluke gesehen hatte, ebenfalls menschlich vor wie sein eigenes. Da aber die Vorsicht und das Mißtrauen tief in seiner Brust eingewurzelt waren, ging er in den Hof hinaus und barg das Säckchen mit dem Silbergeld in der Mütze. Nur einige Münzen behielt er lose in der Tasche. Befriedigt von seinem Einfall und von dem beruhigenden Druck, den das Geldsäckchen unter der Mütze auf seinen Schädel ausübte, kehrte er wieder an den Tisch zurück.

Dennoch gestand er sich, daß er eigentlich selber nicht wußte, warum und wozu er hier in der Schenke mit dem Matrosen und den unheimlichen Gesellen saß. Hatte er doch sein ganzes Leben regelmäßig und unauffällig verbracht, und seine geheimnisvolle Liebe zu den Korallen und ihrer Heimat, dem Ozean, war bis zur Ankunft des Matrosen und eigentlich bis zu dieser Stunde niemandem und niemals offenbar geworden. Und es ereignete sich noch etwas, was Nissen Piczenik aufs tiefste erschreckte. Er, der keineswegs gewohnt war, in Bildern zu denken, erlebte in dieser Vorstellung die Stunde, daß seine geheime Sehnsucht nach den Wassern und allem, was auf und unter ihnen lebte und geschah, auf einmal an die Oberfläche seines eigenen Lebens gelangte, wie zuweilen ein kostbares und seltsames Tier, gewohnt und heimisch auf dem Grunde des Meeres, aus unbekanntem Grunde an die Oberfläche emporschießt. Wahrscheinlich hatten der ungewohnte Met und die durch die Erzählungen des Matrosen befruchtete Phantasie des Korallenhändlers dieses Bild in ihm geweckt. Aber er erschrak und wunderte sich darüber, daß ihm derlei verrückte Einfälle kommen konnten, noch mehr, als über die Tatsache, daß er auf einmal imstande war, an einem Tisch in der Schenke mit wüsten Gesellen zu sitzen.

Diese Verwunderung und dieser Schrecken aber vollzogen sich gleichsam unter der Oberfläche seines Bewußtseins. Inzwischen hörte er sehr wohl mit eifrigem Vergnügen den märchenhaften Erzählungen des Matrosen Komrower zu. „Auf welchem Schiff dienst *du?*" – fragten ihn die Tischgenossen. Er dachte eine Weile nach – sein Schiff hieß nach einem bekannten Admiral aus dem neunzehnten Jahrhundert, aber der Name schien ihm so gewöhnlich in diesem Augenblick wie sein eigener, Komrower war entschlossen, gewaltig zu imponieren – und er sagte also: „Mein Kreuzer heißt „Mütterchen Katharina". Und wißt ihr, wer das war? Ihr wißt es natürlich nicht – und deshalb werde ich es euch erzählen. Also, Katharina war die schönste und reichste Frau von ganz Rußland, und deshalb heiratete sie der Zar eines Tages im Kreml in Moskau und führte sie sofort im Schlitten – es war ein Frost von 40 Grad – mit einem Sechsgespann direkt nach Zarskoje Selo. Und hinter ihnen fuhr das ganze Gefolge in Schlitten – und es waren so viele, daß die ganze Landstraße drei Tage und drei Nächte verstopft war. Eine Woche nach dieser prächtigen Hochzeit kam der gewalttätige und ungerechte König von Schweden in den Hafen von Petersburg, mit seinen lächerlichen hölzernen Kähnen, auf denen aber viele Soldaten standen – denn zu Lande sind die Schweden sehr tapfer –, und nichts weniger wollte dieser Schwede, als ganz Rußland erobern. Die Zarin Katharina aber bestieg unverzüglich ein Schiff, eben den Kreuzer, auf dem ich diene, und beschoß eigenhändig die blödsinnigen Kähne des schwedischen Königs, daß sie untergingen. Und ihm selbst warf sie einen Rettungsgürtel zu und nahm ihn später gefangen. Sie ließ ihm die Augen herausnehmen, aß sie auf, und dadurch wurde sie noch klüger, als sie vorher gewesen war. Den König ohne Augen aber verschickte sie nach Sibirien."

„Ei, ei" – sagte da ein Taugenichts und kratzte sich am Hinterkopf – „ich kann dir beim besten Willen nicht alles glauben."

„Wenn du das noch einmal sagst" – erwiderte der Matrose Komrower – „so hast du die kaiserlich russische Marine beleidigt, und ich muß dich mit meiner Waffe erschlagen. So wisse denn, daß ich diese ganze Geschichte gelernt habe in unserer Instruktionsstunde, und Seine Hochwohlgeboren, unser Kapitän Woroschenko selbst, hat sie uns erzählt."

Man trank noch Met und mehrere Schnäpse, und der Korallenhändler Nissen Piczenik bezahlte. Auch er hatte einiges getrunken, wenn auch nicht so viel wie die anderen. Aber als er auf die Straße trat, Arm in Arm mit dem jungen Komrower, schien es ihm, daß die Straßenmitte ein Fluß sei, die Wellen gingen auf und nieder, die spärlichen Petroleumlaternen waren Leuchttürme, und er mußte sich hart an den Rand halten, um nicht ins Wasser zu fallen. Der Junge schwankte fürchterlich. Ein Leben lang, fast seit seiner Kindheit, hatte Nissen Piczenik jeden Abend die vorgeschriebenen Abendgebete gesagt, das eine, das bei der Dämmerung zu beten ist, das andere, das den Einbruch der Dunkelheit begrüßt. Heute hatte er zum erstenmal beide versäumt. Vom Himmel glitzerten ihm die Sterne vorwurfsvoll entgegen, er wagte nicht, seinen Blick zu heben. Zu Hause erwartete ihn die Frau und das übliche Nachtmahl, Rettich mit Gurken und Zwiebeln, und ein Schmalzbrot, ein Glas Kwas und heißer Tee. Er schämte sich mehr vor sich selbst als vor den anderen. Es war ihm von Zeit zu Zeit, während er so dahinging, den schweren, torkelnden jungen Mann am Arm, als begegnete er sich selbst, der Korallenhändler Nissen Piczenik dem Korallenhändler Nissen Piczenik – und einer lachte den anderen aus. Immerhin vermied er außerdem noch, andern Menschen zu begegnen. Dieses gelang ihm. Er begleitete den jungen Komrower nach Hause, führte ihn ins Zimmer, wo die alten Komrowers saßen, und sagte: „Seid nicht böse mit ihm, ich war mit ihm in der Schenke, er hat ein wenig getrunken."

„Ihr, Nissen Piczenik, der Korallenhändler, wart mit ihm in der Schenke?“ – fragte der alte Komrower.

„Ja, ich!“ – sagte Piczenik. – „Guten Abend!“ – Und er ging nach Hause. Noch saßen alle seine schönen Fädlerinnen an den vier Tischen singend und Korallen fischend mit ihren feinen Nadeln in den zarten Händen.

„Gib mir gleich den Tee“ – sagte Nissen Piczenik zu seiner Frau – „ich muß arbeiten.“

Und er schlürfte den Tee, und während sich seine heißen Finger in die großen, noch nicht sortierten Korallenhaufen gruben und in ihrer wohltätigen rosigen Kühle wühlten, wandelte sein armes Herz über die weiten und rauschenden Straßen der gewaltigen Ozeane.

Und es brannte und rauschte in seinem Schädel. Er nahm aber vernünftigerweise die Mütze ab, holte das Geldsäckchen heraus und barg es wieder an seiner Brust.

## 4

Und es näherte sich der Tag, an dem der Matrose Komrower wieder auf seinen Kreuzer einrücken mußte, und zwar nach Odessa – und es war dem Korallenhändler weh und bang ums Herz. In ganz Progrody ist der junge Komrower der einzige Seemann, und Gott weiß, wann er wieder einen Urlaub erhalten wird. Fährt er einmal weg, so hört man weit und breit nichts mehr von den Wassern der Welt, es sei denn, es steht zufällig etwas in den Zeitungen.

Es war spät im Sommer, ein heiterer Sommer übrigens, ohne Wolke, ohne Regen, von dem ewig sanften Wind der wolhynischen Ebene belebt und gekühlt. Zwei Wochen noch – und die Ernte begann, und die Bauern aus den Dörfern kamen nicht mehr zu den Markttagen, Korallen bei Nissen Piczenik einzukaufen. In diesen Wochen war die Saison der Korallen. In diesen Wochen pflegten die Kundinnen in Scharen und in Haufen zu kommen, die Fädlerinnen konnten mit der Arbeit kaum nachkommen, es gab nächtelang zu fädeln und zu sortieren. An den schönen Vorabenden, wenn die untergehende Sonne ihren goldenen

Abschiedsgruß durch die vergitterten Fenster Piczeniks schickte und die Korallenhaufen jeder Art und Färbung von ihrem wehmütigen und zugleich tröstlichen Glanz belebt zu leuchten begannen, als trüge jedes einzelne Steinchen ein winziges Licht in seiner feinen Höhlung, kamen die Bauern, heiter und angeheitert, um die Bäuerinnen abzuholen, die blauen und rötlichen Taschentücher gefüllt mit Silber- und Kupfermünzen, in schweren genagelten Stiefeln, die auf den Steinen des Hofes knirschten. Die Bauern begrüßten Nissen Piczenik mit Umarmungen, Küssen, unter Lachen und Weinen, als fänden sie in ihm einen lang nicht mehr geschauten, langentbehrten Freund nach Jahrzehnten wieder. Sie meinten es gut mit ihm, sie liebten ihn sogar, diesen stillen, langaufgeschossenen, rothaarigen Juden mit den treuherzigen und manchmal verträumten porzellanblauen Äuglein, in denen die Ehrlichkeit wohnte, die Redlichkeit des Handelns, die Klugheit des Fachmanns und zugleich die Torheit eines Menschen, der niemals das Städtchen Progrody verlassen hatte. Es war nicht leicht, mit den Bauern fertig zu werden. Denn obwohl sie den Korallenhändler als einen der seltenen ehrlichen Handelsleute der Gegend kannten, dachten sie doch immer daran, daß er ein Jude war. Auch machte ihnen das Feilschen einiges Vergnügen. Zuerst setzten sie sich behaglich auf die Stühle, das Kanapee, die zwei breiten hölzernen und mit hohen Polstern bedeckten Ehebetten. Manche lagerten sich auch mit den Stiefeln, an deren Rändern der silbergraue Schlamm klebte, auf die Betten, das Sofa und auch auf den Boden. Aus den weiten Taschen ihrer sackleinenen Hosen oder von den Vorräten auf dem Fensterbrett holten sie den losen Tabak, rissen die weißen Ränder alter Zeitungen ab, die im Zimmer Piczeniks herumlagen, und drehten Zigaretten – denn auch den Wohlhabenden unter ihnen schien Zigarettenpapier ein Luxus. Ein dichter blauer Rauch von billigem Tabak und grobem Papier erfüllte die Wohnung des Korallenhändlers, ein goldig durchsonnter blauer Rauch, der in kleinen Wölkchen durch die Quadrate der vergitterten und geöffneten Fenster langsam in die Straße zog. In zwei kupfernen Samowaren – auch in ihnen spiegelte sich die untergehende Sonne – kochte heißes Wasser auf einem der Tische in der Mitte des Zimmers, und nicht weniger als fünfzig billige Gläser aus grünlichem Glas mit doppeltem Boden gingen reihum von Hand zu Hand, gefüllt mit dampfendem braungoldenem Tee und mit Schnaps. Längst, am Vormittag noch, hatten die Bäuerinnen stundenlang den Preis der Korallenketten ausgehandelt. Nun erschien der Schmuck ihren Männern noch zu teuer, und aufs neue begann das Feilschen. Es war ein hartnäckiger Kampf, den der magere Jude allein gegen eine gewaltige Mehrzahl geiziger und mißtrauischer, kräftiger und manchmal gefährlich betrunkener Männer auszufechten hatte. Unter dem seidenen schwarzen Käppchen, das Nissen Piczenik im Hause zu tragen pflegte, rann der Schweiß die spärlich bewachsenen, sommersprossigen Wangen hinunter, in den roten Ziegenbart, und die Härchen des Bartes klebten aneinander, am Abend, nach dem Gefecht, und er mußte sie mit seinem eisernen Kämmchen strählen. Schließlich siegte er doch über alle seine Kunden, trotz seiner Torheit. Denn er kannte von der ganzen großen Welt nur die Korallen und die Bauern seiner Heimat – und er wußte, wie man jene fädelt und sortiert und wie man diese überzeugt. Den ganz und gar Hartnäckigen schenkte er eine sogenannte „Draufgabe“ – das heißt: er gab ihnen, nachdem sie den von ihm zwar nicht sofort genannten, aber im stillen ersehnten Preis gezahlt hatten, noch ein winziges Korallenschnürchen mit, aus den billigen Steinen hergestellt, Kindern zugedacht, um Ärmchen und Hälschen zu tragen und unbedingt wirksam gegen den bösen Blick mißgünstiger Nachbarn und schlechtgesinnter Hexen. Dabei mußte er genau auf die Hände seiner Kunden achtgeben und die Höhe und den Umfang der Korallenhaufen immer abschätzen. Ach, es war kein leichter Kampf!

In diesem Spätsommer aber zeigte sich Nissen Piczenik zerstreut, achtlos beinahe, ohne Interesse für die Kunden und das Geschäft. Seine brave Frau, gewohnt an seine Schweigsamkeit und sein merkwürdiges Wesen seit vielen Jahren, bemerkte seine Zerstreutheit und machte ihm Vorwürfe. Hier hatte er einen Bund Korallen zu billig verkauft, dort einen kleinen Diebstahl nicht bemerkt, heute einem alten Kunden keine Draufgabe geschenkt, gestern dagegen einem neuen und gleichgültigen eine ziemlich wertvolle Kette. Niemals hatte es Streit im Hause Piczeniks gegeben. In diesen Tagen aber verließ die Ruhe den Korallenhändler, und er fühlte selbst, wie die Gleichgültigkeit, die normale Gleichgültigkeit gegen seine Frau sich jäh in Widerwillen gegen sie wandelte. Ja, er, der niemals imstande gewesen wäre, eine der vielen Mäuse, die jede Nacht in seine Fallen gingen, mit eigener Hand zu ertränken – wie alle Welt es in Progrody zu tun pflegte –, sondern die gefangenen Tierchen dem Wasserträger Saul zur endgültigen Vernichtung gegen ein Trinkgeld übergab: er, dieser friedliche Nissen Piczenik, warf an einem dieser Tage seiner Frau, da sie ihm die üblichen Vorwürfe machte, einen schweren Bund Korallen an den Kopf, schlug die Tür zu, verließ das Haus und ging an den Rand des großen Sumpfes, des entfernten Vetters der großen Ozeane.

Knapp zwei Tage vor der Abreise des Matrosen tauchte plötzlich in dem Korallenhändler der Wunsch auf, den jungen Komrower nach Odessa zu begleiten. Solch ein Wunsch kommt plötzlich, ein gewöhnlicher Blitz ist nichts dagegen, und er trifft genau den Ort, von dem er gekommen ist, nämlich das menschliche Herz. Er schlägt sozusagen in seinem eigenen Geburtsort ein. Also war auch der Wunsch Nissen Piczeniks. Und es ist kein weiter Weg von solch einem Wunsch bis zu seinem Entschluß.

Und am Morgen des Tages, an dem der junge Matrose Komrower abreisen sollte, sagte Nissen Piczenik zu seiner Frau:

„Ich muß für ein paar Tage verreisen."

Die Frau lag noch im Bett. Es war acht Uhr morgens, der Korallenhändler war eben aus dem Bethaus vom Morgengebet gekommen.

Sie setzte sich auf. Mit ihren wirren spärlichen Haaren, ohne Perücke, gelbliche Reste des Schlafs in den Augenwinkeln, erschien sie ihm fremd und sogar feindlich. Ihr Aussehn, ihre Überraschung, ihr Schrecken schienen seinen Entschluß, den er selbst noch für einen tollkühnen gehalten hatte, vollends zu rechtfertigen.

„Ich fahre nach Odessa!" – sagte er, mit aufrichtiger Gehässigkeit. – „In einer Woche bin ich zurück, so Gott will!"

„Jetzt? Jetzt?“ – stammelte die Frau, zwischen den Kissen – „jetzt, wo die Bauern kommen?“

„Grade jetzt!“ – sagte der Korallenhändler. – „Ich habe wichtige Geschäfte. Pack mir meine Sachen!“

Und mit einer bösen und gehässigen Wollust, die er niemals früher gekannt hatte, sah er die Frau aus dem Bett steigen, sah ihre häßlichen Zehen, ihre fetten Beine unter dem langen Hemd, auf dem ein paar schwarze, unregelmäßige Punkte hingesprenkelt waren, Zeichen der Flöhe, und hörte er ihren altbekannten Seufzer, das gewohnte beständige Morgenlied dieses Weibes, mit dem ihn nichts anderes verband als die ferne Erinnerung an ein paar zärtliche nächtliche Stunden und die hergebrachte Angst vor einer Scheidung.

Im Innern Nissen Piczeniks aber jubelte gleichzeitig eine fremde und dennoch wohlvertraute Stimme: Piczenik geht zu den Korallen! Er geht zu den Korallen! In die Heimat der Korallen geht Nissen Piczenik! ...

## 5

Er bestieg also mit dem Matrosen Komrower den Zug und fuhr nach Odessa. Es war eine ziemlich umständliche und lange Reise, man mußte in Kiew umsteigen. Der Korallenhändler saß zum erstenmal in seinem Leben in der Eisenbahn, aber ihm ging es nicht wie so vielen anderen, die zum erstenmal Eisenbahn fahren. Lokomotive, Signal, Glocken, Telegraphenstangen, Schienen, Schaffner und die flüchtige Landschaft hinter den Fenstern interessierten ihn nicht. Ihn beschäftigte das Wasser und der Hafen, denen er entgegenfuhr, und wenn er überhaupt etwas von den Eigenschaften und Begleiterscheinungen der Eisenbahn zur Kenntnis nahm, so tat er es lediglich im Hinblick auf die ihm noch unbekannten Eigenschaften und Begleiterscheinungen der Schiffahrt. „Gibt es bei euch auch Glocken?“ – fragte er den Matrosen. „Läutet man dreimal vor der Abfahrt eines Schiffes? Pfeifen und tuten die Schiffe, wie die Lokomotiven? Muß das Schiff wenden, wenn es zurückfahren will, oder kann es ganz einfach rückwärts schwimmen?“

Gewiß traf man, wie es auf Reisen ja immer vorkommt, unterwegs Passagiere, die sich unterhalten wollten und mit denen man dies und jenes besprechen mußte. „Ich bin Korallenhändler“ – sagte Nissen Piczenik wahrheitsgemäß, wenn man ihn nach der Art seiner Geschäfte fragte. Fragte man ihn aber weiter: „Was wollen Sie in Odessa?“ – so begann er zu lügen. „Ich habe dort größere Geschäfte vor“, sagte er. „Das interessiert mich“ – sagte plötzlich ein Mitreisender, der bis jetzt geschwiegen hatte. „Auch ich habe in Odessa größere Geschäfte vor, und die Ware, mit der ich handle, ist sozusagen mit Korallen verwandt, wenn auch viel feiner und teurer als Korallen!“ – „Teurer, das kann sein“, sagte Nissen Piczenik – „aber feiner ist sie keineswegs.“ – „Wetten, daß sie feiner ist?“ rief der andere. – „Ich sage Ihnen, es ist unmöglich. Da braucht man gar nicht zu wetten!“ – „Nun“ – triumphierte der andere – „ich handle mit Perlen!“ – „Perlen sind gar nicht feiner“ – sagte Piczenik. „Außerdem bringen sie Unglück.“ – „Ja, wenn man sie verliert“ – sagte der Perlenhändler. Alle anderen begannen, diesem sonderbaren Streit aufmerksam zuzuhören. Schließlich öffnete der Perlenhändler seine Hose und zog ein Säckchen voll schimmernder tadelloser Perlen hervor. Er schüttete einige auf seine flache Hand und zeigte sie allen Mitreisenden. „Hunderte von Austern müssen aufgemacht werden“, sagte er, „ehe man eine Perle findet. Die Taucher werden teuer bezahlt. Unter allen Kaufleuten der Welt gehören wir Perlenhändler zu den angesehensten. Ja, wir bilden sozusagen eine ganz eigene Rasse. Sehen Sie mich, zum Beispiel. Ich bin Kaufmann erster Gilde, wohne in Petersburg, habe die vornehmste Kundschaft, zwei Großfürsten zum Beispiel, ihre Namen sind mein Geschäftsgeheimnis, ich bereise die halbe Welt, jedes Jahr bin ich in Paris, Brüssel, Amsterdam. Fragen Sie, wo Sie wollen, nach dem Perlenhändler Gorodotzki, Kinder werden Ihnen Auskunft geben.“

„Und ich“ – sagte Nissen Piczenik – „bin niemals aus unserem Städtchen Progrody herausgekommen und nur Bauern kaufen meine Korallen. Aber Sie werden mir alle hier zugeben, daß eine einfache Bäuerin, angetan mit ein paar Schnüren schöner fleckenloser Korallen, mehr darstellt als eine Großfürstin. Korallen trägt übrigens hoch und nieder, sie erhöhen den

Niederen und den Höhergestellten zieren sie. Korallen kann man morgens, mittags, abends, und in der Nacht, bei festlichen Bällen zum Beispiel tragen, im Sommer, im Winter, am Sonntag und an Wochentagen, bei der Arbeit und in der Ruhe, in fröhlichen Zeiten und in der Trauer. Es gibt viele Arten von Rot in der Welt, meine lieben Reisegenossen, und es steht geschrieben, daß unser jüdischer König Salomo ein ganz besonderes Rot hatte für seinen königlichen Mantel, denn die Phönizier, die ihn verehrten, hatten ihm einen ganz besonderen Wurm geschenkt, dessen Natur es war, rote Farbe als Urin auszuscheiden. Es war eine Farbe, die heutzutage nicht mehr da ist, der Purpur des Zaren ist nicht mehr dasselbe, der Wurm ist nämlich nach dem Tode Salomons ausgestorben, die ganze Art dieser Würmer. Und seht ihr, nur bei den ganz roten Korallen kommt diese Farbe noch vor. Wo aber in der Welt hat man je rote Perlen gesehen?"

Noch niemals hatte der schweigsame Korallenhändler eine so lange und so eifrige Rede vor lauter fremden Menschen gehalten. Er schob die Mütze aus der Stirn und wischte sich den Schweiß. Er lächelte die Mitreisenden der Reihe nach an, und alle zollten sie ihm den verdienten Beifall. „Recht hat er, recht!" riefen sie alle auf einmal.

Und selbst der Perlenhändler mußte gestehn, daß Nissen Piczenik in der Sache zwar nicht recht habe, aber als Redner für Korallen ganz ausgezeichnet sei.

Schließlich erreichten sie Odessa, den strahlenden Hafen, mit dem blauen Wasser und den vielen bräutlich-weißen Schiffen. Hier wartete schon der Panzerkreuzer auf den Matrosen Komrower wie ein väterliches Haus auf seinen Sohn. Auch Nissen Piczenik wollte das Schiff näher besichtigen. Und er ging mit dem Jungen bis zum Wachtposten und sagte: „Ich bin sein Onkel, ich möchte das Schiff sehn." Er verwunderte sich selbst über seine Kühnheit. Ach ja: es war nicht mehr der alte kontinentale Nissen Piczenik, der da mit einem bewaffneten Matrosen sprach, es war nicht der Nissen Piczenik aus dem kontinentalen Progrody, sondern ein ganz neuer Mann, so etwa wie ein Mensch, dessen Inneres nach außen gestülpt worden war, ein sozusagen gewendeter Mensch, ein ozeanischer

Nissen Piczenik. Ihm selbst schien es, daß er nicht aus der Eisenbahn gestiegen war, sondern geradezu aus dem Meer, aus der Tiefe des Schwarzen Meeres. So vertraut war er mit dem Wasser, wie er niemals mit seinem Geburts- und Wohnort Progrody vertraut gewesen war. Überall, wo er hinsieht, sind Schiffe und Wasser, Wasser und Schiffe. An die blütenweißen, die rabenschwarzen, die korallenroten – ja die korallenroten – Wände der Schiffe, der Boote, der Kähne, der Segeljachten, der Motorboote schlägt zärtlich das ewig plätschernde Wasser, nein, es schlägt nicht, es streichelt die Schiffe mit hunderttausend kleinen Wellchen, die wie Zungen und Hände in einem sind, Zünglein und Händchen in einem. Das Schwarze Meer ist gar nicht schwarz. In der Ferne ist es blauer als der Himmel, in der Nähe ist es grün wie eine Wiese. Tausende kleiner hurtiger Fischchen springen, hüpfen, schlüpfen, schlängeln sich, schießen und fliegen herbei, wirft man ein Stückchen Brot ins Wasser. Wolkenlos spannt sich der blaue Himmel über den Hafen. Ihm entgegen ragen die Mäste und die Schornsteine der Schiffe. „Was ist dies? – Wie heißt man jenes?" – fragt unaufhörlich Nissen Piczenik. Dies heißt Mast und jenes Bug, hier sind Rettungsgürtel, Unterschiede gibt es zwischen Boot und Kahn, Segel und Dampfer, Mast und Schlot, Kreuzer und Handelsschiff, Deck und Heck, Bug und Kiel. Hundert neue Worte stürmen geradezu auf Nissen Piczeniks armen, aber heiteren Kopf ein. Er bekommt nach langem Warten (ausnahmsweise, sagt der Obermaat) die Erlaubnis, den Kreuzer zu besichtigen und seinen Neffen zu begleiten. Der Herr Schiffsleutnant selbst erscheint, um einen jüdischen Händler an Bord eines Kreuzers der kaiserlich-russischen Marine zu betrachten. Seine Hochwohlgeboren, der Schiffsleutnant, lächeln. Der sanfte Wind bläht die langen schwarzen Rockschöße des hageren roten Juden, man sieht seine abgewetzte, mehrfach geflickte gestreifte Hose in den matten Kniestiefeln. Der Jude Nissen Piczenik vergißt sogar die Gebote seiner Religion. Vor der strahlenden weißgoldenen Pracht des Offiziers nimmt er die schwarze Mütze ab, und seine roten geringelten Haare flattern im Wind. „Dein Neffe ist ein braver Matrose!" sagen seine Hochwohlgeboren, der Herr Offizier. Nissen Piczenik findet keine passende Antwort, er lächelt nur, er lacht nicht, er lächelt lautlos. Sein Mund ist offen, man sieht die großen gelblichen Pferdezähne und den rosa Gaumen, und der kupferrote Ziegenbart hängt beinahe über der Brust. Er betrachtet das Steuer, die Kanonen, er darf durch das Fernrohr blicken – und weiß Gott, die Ferne wird nahe, was noch lange nicht da ist, ist dennoch da, hinter den Gläsern. Gott hat den Menschen Augen gegeben, das ist wahr, aber was sind gewöhnliche Augen gegen Augen, die durch ein Fernglas sehn? Gott hat den Menschen Augen gegeben, aber auch den Verstand, damit sie Fernrohre erfinden und die Kraft dieser Augen verstärken! – Und die Sonne scheint auf das Verdeck, bestrahlt den Rücken Nissen Piczeniks, und dennoch ist ihm nicht heiß. Denn der ewige Wind weht über das Meer, ja es scheint, daß aus dem Meer selbst ein Wind kommt, ein Wind aus den Tiefen des Wassers.

Schließlich kam die Stunde des Abschieds. Nissen Piczenik umarmte den jungen Komrower, verneigte sich vor dem Leutnant und hierauf vor den Matrosen und verließ den Panzerkreuzer.

Er hatte sich vorgenommen, sofort nach dem Abschied vom jungen Komrower nach Progrody zurückzufahren. Aber er blieb dennoch in Odessa. Er sah den Panzerkreuzer abfahren, die Matrosen grüßten ihn, der am Hafen stand und mit seinem blauen rotgestreiften Taschentuch winkte. Er sah noch viele andere Schiffe abfahren, und er winkte allen fremden Passagieren zu. Denn er ging jeden Tag zum Hafen. Und jeden Tag erfuhr er etwas Neues. Er hörte zum Beispiel, was es heißt: die Anker lichten, oder: die Segel einziehn, oder: Ladung löschen, oder: Taue anziehen, und so weiter.

Er sah jeden Tag viele junge Männer in Matrosenanzügen auf den Schiffen arbeiten, die Masten emporklettern, er sah die jungen Männer durch die Straßen von Odessa wandeln, Arm in Arm, eine ganze Kette von Matrosen, die die ganze Breite der Straße einnahm – und es fiel ihm schwer aufs Herz, daß er selbst keine Kinder hatte. Er wünschte sich in diesen Stunden Söhne und Enkel – und es war kein Zweifel – er hätte sie alle zur See geschickt, Matrosen wären sie geworden. Indessen lag, unfruchtbar und häßlich, seine Frau daheim, in Progrody. Sie verkaufte heute an seiner Statt Korallen. Konnte sie es überhaupt? Wußte sie, was Korallen bedeuten?

Und Nissen Piczenik vergaß schnell im Hafen von Odessa die Pflichten eines gewöhnlichen Juden aus Progrody. Und er ging nicht am Morgen und nicht am Abend ins Bethaus, die vorgeschriebenen Gebete zu verrichten, sondern er betete zu Hause, sehr eilfertig und ohne echte und rechte Gedanken an Gott, und wie ein Grammophon betete er lediglich, die Zunge wiederholte mechanisch die Laute, die in sein Gehirn eingegraben waren. Hatte die Welt jemals solch einen Juden gesehn?

Zu Haus, in Progrody, war indessen die Saison für Korallen. Dies wußte Nissen Piczenik wohl, aber es war ja nicht mehr der alte kontinentale Nissen Piczenik, sondern der neue, der neugeborene ozeanische.

Ich habe Zeit genug – sagte er sich –, nach Progrody zurückzukehren! Was hätte ich dort schon zu verlieren! Und wieviel habe ich hier noch zu gewinnen!

Und er blieb drei Wochen in Odessa, und er verlebte jeden Tag mit dem Meer, mit den Schiffen, mit den Fischchen fröhliche Stunden.

Es waren die ersten Ferien im Leben Nissen Piczeniks.

## *6*

Als er wieder nach Hause, nach Progrody kam, bemerkte er, daß ihm nicht weniger als hundertsechzig Rubel fehlten, Reisespesen mit eingerechnet. Seiner Frau aber und allen andern, die ihn fragten, was er so lange in der Fremde getrieben habe, sagte er, daß er in Odessa „wichtige Geschäfte“ abgeschlossen hätte.

In dieser Zeit begann die Ernte, und die Bauern kamen nicht mehr so häufig zu den Markttagen. Es wurde, wie alle Jahre in diesen Wochen, stiller im Hause des Korallenhändlers. Die Fädlerinnen verließen schon am Vorabend sein Haus. Und am Abend, wenn Nissen Piczenik aus dem Bethaus heimkehrte, erwartete ihn nicht mehr der helle Gesang der schönen Mädchen, sondern lediglich seine Frau, der gewohnte Teller mit Zwiebeln und Rettich und der kupferne Samowar.

Dennoch – in der Erinnerung nämlich an die Tage in Odessa, von deren geschäftlicher Fruchtlosigkeit kein anderer Mensch außer ihm selber eine Ahnung hatte – fügte sich der Korallenhändler Piczenik in die gewöhnlichen Gesetze seiner herbstlichen Tage. Schon dachte er daran, einige Monate später neuerdings wichtige Geschäfte vorzuschützen und in eine andere Hafenstadt zu reisen, zum Beispiel Petersburg.

Materielle Not hatte er nicht zu fürchten. Alles Geld, das er im Verlauf seines langjährigen Handels mit Korallen zurückgelegt hatte, lag, unaufhörlich Zinsen gebärend, bei dem Geldverleiher Pinkas Warschawsky, einem angesehenen Wucherer der Gemeinde, der unbarmherzig alle Schulden eintrieb, aber pünktlich alle Zinsen auszahlte. Körperliche Not hatte Nissen Piczenik nicht zu fürchten; und kinderlos war er und hatte also für keine Nachkommen zu sorgen. Weshalb da nicht noch nach einem der vielen Häfen reisen?

Und schon begann der Korallenhändler, seine Pläne für den nächsten Frühling zu spinnen, als sich etwas Ungewöhnliches in dem benachbarten Städtchen Sutschky ereignete.

In diesem Städtchen, das genauso klein war wie die Heimat Nissen Piczeniks, das Städtchen Progrody, eröffnete nämlich eines Tages ein Mann, den niemand in der ganzen Gegend bis jetzt gekannt hatte, einen Korallenladen. Dieser Mann hieß Jenö Lakatos und stammte, wie man bald erfuhr, aus dem fernen Lande Ungarn. Er sprach Russisch, Deutsch, Ukrainisch, Polnisch, ja, nach Bedarf und wenn es zufällig einer gewünscht hätte, so hätte Herr Lakatos auch Französisch, Englisch und Chinesisch gesprochen. Es war ein junger Mann, mit glatten, blauschwarzen, pomadisierten Haaren – nebenbei gesagt der einzige Mann weit und breit in der Gegend, der einen glänzenden steifen Kragen trug, eine Krawatte und ein Spazierstöckchen mit goldenem Knauf. Dieser junge Mann war vor ein paar Wochen nach Sutschky gekommen, hatte dort Freundschaft mit dem Schlächter Nikita Kolchin geschlossen und diesen so lange behandelt, bis er sich entschloß, gemeinsam mit Lakatos einen Korallenhandel zu beginnen. Die Firma mit dem knallroten Schild lautete: N. Kolchin & Compagnie.

Im Schaufenster dieses Ladens leuchteten tadellose rote Korallen, leichter zwar an Gewicht als die Steine Nissen Piczeniks, aber dafür um so billiger. Ein ganzer großer Bund Korallen kostete einen Rubel fünfzig, Ketten gab es für zwanzig, fünfzig, achtzig Kopeken. Die Preise standen im Schaufenster des Ladens. Und damit ja niemand an diesem Laden vorbeigehe, spielte drinnen den ganzen Tag ein Phonograph heiter grölende Lieder. Man hörte sie im ganzen Städtchen und weiter – in den umliegenden Dörfern. Es gab zwar keinen großen Markt in Sutschky wie etwa in Progrody. Dennoch – und trotz der Erntezeit – kamen die Bauern zum Laden des Herrn Lakatos, die Lieder zu hören und die billigen Korallen zu kaufen.

Nachdem dieser Herr Lakatos ein paar Wochen sein anziehendes Geschäft betrieben hatte, erschien eines Tages ein wohlhabender Bauer bei Nissen Piczenik und sagte: „Nissen Semjonowitsch, ich kann nicht glauben, daß du mich und andere seit 20 Jahren betrügst. Jetzt aber gibt es in Sutschky einen Mann, der verkauft die schönsten Korallenschnüre, fünfzig Kopeken das Stück. Meine Frau wollte schon hinfahren – aber ich habe gedacht, man müsse zuerst dich fragen, Nissen Semjonowitsch."

„Dieser Lakatos" – sagte Nissen Piczenik – „ist gewiß ein Dieb und ein Schwindler. Anders kann ich mir seine Preise nicht erklären. Aber ich werde selbst hinfahren, wenn du mich auf deinem Wagen mitnehmen willst."

„Gut", sagte der Bauer. – „Überzeuge dich selbst."

Also fuhr der Korallenhändler nach Sutschky, stand eine Weile vor dem Schaufenster, hörte die grölenden Lieder aus dem Innern des Ladens, trat schließlich ein und begann, mit Herrn Lakatos zu sprechen.

„Ich bin selbst Korallenhändler" – sagte Nissen Piczenik. – „Meine Waren kommen aus Hamburg, Odessa, Triest, Amsterdam. Ich begreife nicht, warum und wieso Sie so billige und schöne Korallen verkaufen können."

„Sie sind von der alten Generation" – erwiderte Lakatos – „und, entschuldigen Sie mir den Ausdruck: ein bißchen zurückgeblieben."

Währenddessen kam Lakatos hinter dem Ladentisch hervor – und Nissen Piczenik sah, daß er etwas hinkte. Offenbar war sein linkes Bein kürzer, denn er trug am linken Stiefel einen doppelt so hohen Absatz wie am rechten. Er duftete gewaltig und betäubend – und man wußte nicht, wo eigentlich an seinem schmächtigen Körper die Quelle all seiner Düfte untergebracht war. Blauschwarz wie eine Nacht waren seine Haare. Und seine dunklen Augen, die man im ersten Moment für sanft hätte halten können, glühten von Sekunde zu Sekunde so stark, daß eine merkwürdige Brandröte mitten in ihrer Schwärze aufglühte. Unter dem schwarzen gezwirbelten Schnurrbärtchen lächelten weiß und schimmernd die Mausezähnchen des Lakatos.

„Nun?“ – fragte der Korallenhändler Nissen Piczenik.

„Ja, nun“ – sagte Lakatos – „wir sind nicht verrückt. Wir tauchen nicht auf die Gründe der Meere. Wir stellen einfach künstliche Korallen her. Meine Firma heißt: Gebrüder Lowncastle, New York. In Budapest habe ich zwei Jahre mit Erfolg gearbeitet. Die Bauern merken nichts. Nicht die Bauern in Ungarn, erst recht nicht die Bauern in Rußland. Schöne, rote, tadellose Korallen wollen sie. Hier sind sie. Billig, wohlfeil, schön, schmückend. Was will man mehr? Echte Korallen können nicht so schön sein!“

„Woraus sind Ihre Korallen gemacht?“ – fragte Nissen Piczenik.

„Aus Zelluloid, mein Lieber, aus Zelluloid!“ – rief Lakatos entzückt. „Sagen Sie mir nur nichts gegen die Technik! Sehn Sie: in Afrika wachsen die Gummibäume, aus Gummi macht man Kautschuk und Zelluloid. Ist das Unnatur? Sind Gummibäume weniger Natur als Korallen? Ist ein Baum in Afrika weniger Natur als ein Korallenbaum auf dem Meeresgrund? – Was nun, was sagen Sie nun? – Wollen wir zusammen Geschäfte machen? – Entscheiden Sie sich! Von heute in einem Jahr haben Sie infolge meiner Konkurrenz alle Ihre Kunden verloren – und Sie können mit allen Ihren echten Korallen wieder auf den Meeresgrund gehn, woher die schönen Steinchen kommen. Sagen Sie: ja oder nein?“

„Lassen Sie mir zwei Tage Zeit“ – sagte Nissen Piczenik.

Und er fuhr nach Hause.

## 7

Auf diese Weise versuchte der Teufel den Korallenhändler Nissen Piczenik zum erstenmal. Der Teufel hieß Jenö Lakatos aus Budapest, und er führte die falschen Korallen im russischen Lande ein, die Korallen aus Zelluloid, die so bläulich brennen, wenn man sie anzündet, wie das Heckenfeuer, das ringsum die Hölle umsäumt.

Als Nissen Piczenik nach Hause kam, küßte er gleichgültig sein Weib auf beide Wangen, begrüßte die Fädlerinnen und begann, mit einigermaßen verwirrten, vom Teufel verwirrten Augen, seine lieben Korallen zu betrachten, die lebendigen Korallen, die lange nicht so tadellos aussahen, wie die falschen Steine aus Zelluloid des Konkurrenten Jenö Lakatos. Und der Teufel gab dem redlichen Korallenhändler Nissen Piczenik den Gedanken ein, unter die echten Korallen falsche zu mischen.

Also ging er eines Tages zur Post und diktierte dem öffentlichen Schreiber einen Brief an Jenö Lakatos in Sutschky, so daß dieser ihm ein paar Tage später nicht weniger als zwanzig Pud falscher Korallen schickte. Nun, man weiß, daß Zelluloid ein leichtes Material ist, und zwanzig Pud falscher Korallen ergeben eine Menge von Schnüren und Bünden. Nissen Piczenik, vom Teufel verführt und geblendet, mischte die falschen Korallen unter die echten, dermaßen einen Verrat übend an sich selbst und an den echten Korallen.

Ringsum im Lande hatte die Ernte bereits begonnen, und es kamen fast keine Bauern mehr, Korallen einzukaufen. Aber an den seltenen, die hie und da erschienen, verdiente Nissen Piczenik jetzt mehr, dank den falschen Korallen, als er vorher an den zahlreichen Kunden verdient hatte. Er mischte Echtes mit Falschem – und das war noch schlimmer, als wenn er lauter Falsches verkauft hätte. Denn also geht es den Menschen, die vom Teufel verführt werden: an allem Teuflischen übertreffen sie noch sogar den Teufel. Auf diese Weise übertraf Nissen Piczenik den Jenö Lakatos aus Budapest. Und alles, was Nissen Piczenik verdiente, trug er gewissenhaft zu Pinkas Warschawsky. Und so sehr hatte der Teufel den

Korallenhändler verführt, daß er eine wahre Wollust bei dem Gedanken empfand, daß sein Geld sich vermehre und Zinsen trage.

Da starb plötzlich an einem dieser Tage der Wucherer Pinkas Warschawsky, und Nissen Piczenik erschrak und ging sofort zu den Erben des Wucherers und verlangte sein Geld mit Zinsen. Er bekam es auch auf der Stelle, nicht weniger als fünftausendvierhundertfünfzig Rubel und sechzig Kopeken. Von diesem Geld bezahlte er seine Schulden an Lakatos, und er forderte noch einmal zwanzig Pud falscher Korallen an. Eines Tages kam der reiche Hopfenbauer zu Nissen Piczenik und verlangte eine Kette aus Korallen für eines seiner Enkelkinder, gegen den bösen Blick.

Der Korallenhändler fädelte ein Kettchen aus lauter falschen, aus Zelluloid-Korallen, zusammen, und er sagte noch: „Dies sind die schönsten Korallen, die ich habe."

Der Bauer bezahlte den Preis, der für echte Korallen angebracht war, und fuhr in sein Dorf.

Sein Enkelkind starb eine Woche, nachdem man ihm die falschen Korallen um das Hälschen gelegt hatte, einen schrecklichen Erstickungstod, an Diphtherie. Und in dem Dorfe Solowetzk, wo der reiche Hopfenbauer wohnte (aber auch in den umliegenden Dörfern) verbreitete sich die Kunde, daß die Korallen Nissen Piczeniks aus Progrody Unglück und Krankheit brächten – und nicht nur jenen, die bei ihm eingekauft hatten. Denn die Diphtherie begann, in den benachbarten Dörfern zu wüten, sie raffte viele Kinder hinweg, und es verbreitete sich das Gerücht, daß die Korallen Nissen Piczeniks Krankheit und Untergang bringen.

Infolgedessen kamen den Winter über keine Kunden mehr zu Nissen Piczenik. Es war ein harter Winter. Er hatte im November eingesetzt, er dauerte bis zum späten März. Jeder Tag brachte einen unerbittlichen Frost, der Schnee fiel selten, selbst die Raben schienen zu frieren, wie sie so auf den kahlen Ästen der Kastanienbäume hockten. Sehr still war es im Hause Nissen Piczeniks. Er entließ eine Fädlerin nach der anderen. An den Markttagen begegnete er zuweilen dem und jenem seiner alten Kunden. Aber sie grüßten ihn nicht.

Ja, die Bauern, die ihn im Sommer geküßt hatten, taten so, als kennten sie den Korallenhändler nicht mehr.

Es gab Fröste bis zu vierzig Grad. Das Wasser in den Kannen der Wasserträger gefror auf dem Wege vom Brunnen zum Hause. Eine dicke Eisschicht bedeckte die Fensterscheiben Nissen Piczeniks, so daß er nicht mehr sah, was auf der Straße vorging. Große und schwere Eiszapfen hingen an den Stäben der Eisengitter und verdichteten die Fenster noch mehr. Und da kein Kunde mehr zu Nissen Piczenik kam, gab er daran nicht etwa den falschen Korallen die Schuld, sondern dem strengen Winter. Indessen war der Laden des Herrn Lakatos in Sutschky immer überfüllt. Und bei ihm kauften die Bauern die tadellosen und billigen Korallen aus Zelluloid und nicht die echten bei Nissen Piczenik.

Vereist und glatt wie Spiegel waren die Straßen und Gassen des Städtchens Progrody. Alle Einwohner tasteten ihre Wege entlang mit eisenbeschlagenen Stöcken. Dennoch stürzten so manche und brachen Hals und Bein.

Eines Abends stürzte auch die Frau Nissen Piczeniks. Sie blieb lange bewußtlos liegen, ehe sie mitleidige Nachbarn aufhoben und ins Haus trugen.

Sie begann bald, sich heftig zu erbrechen, der Feldscher von Progrody sagte, es sei eine Gehirnerschütterung.

Man brachte die Frau ins Spital, und der Doktor bestätigte die Diagnose des Feldschers.

Der Korallenhändler ging jeden Morgen ins Krankenhaus. Er setzte sich an das Bett seiner Frau, hörte eine halbe Stunde ihre wirren Reden, sah in ihre fiebrigen Augen, auf ihr spärliches Kopfhaar, erinnerte sich an die paar zärtlichen Stunden, die er ihr geschenkt hatte, roch den scharfen Duft von Kampfer und Jodoform und kehrte wieder heim und stellte sich selbst an den Herd und kochte Borschtsch und Kascha und schnitt sich selbst das Brot und schabte sich selbst den Rettich und kochte sich selbst den Tee und heizte selbst den Ofen. Dann schüttete er auf einen seiner vier Tische alle Korallen aus den vielen Säckchen und begann, sie zu sortieren. Die Zelluloid-Korallen des Herrn Lakatos lagen gesondert im Schrank. Die echten Korallen erschienen Nissen Piczenik längst nicht mehr wie lebendige Tiere. Seitdem dieser Lakatos in die Gegend gekommen war und er selbst, der Korallenhändler Piczenik, die leichten Dinger aus Zelluloid unter die schweren und echten Steine zu mischen begonnen hatte, waren die Korallen, die in seinem Hause lagerten, erstorben. Jetzt machte man Korallen aus Zelluloid! Aus einem toten Material machte man Korallen, die aussehen wie lebendige und noch schöner und vollkommener waren als echte und lebendige! Was war, damit verglichen, die Gehirnerschütterung der Frau?

Acht Tage später starb sie, infolge der Gehirnerschütterung, gewiß! Aber nicht mit Unrecht sagte sich Nissen Piczenik, daß seine Frau nicht an der Gehirnerschütterung allein gestorben war, sondern auch, weil ihr Leben von dem Leben keines andern Menschen auf dieser Welt abhängig gewesen war. Kein Mensch hatte gewünscht, daß sie am Leben bleibe, und also war sie auch gestorben.

Nun war der Korallenhändler Nissen Piczenik Witwer. Er betrauerte die Frau in vorgeschriebener Weise. Er kaufte ihr einen der dauerhaftesten Grabsteine und ließ ehrende Worte in diesen einmeißeln. Und er sprach morgens und abends das Totengebet für sie. Aber er vermißte sie keineswegs. Essen und Tee bereiten konnte er selber. Einsam fühlte er sich nicht, sobald er mit den Korallen allein war. Und ihn bekümmerte lediglich die Tatsache, daß er sie verraten hatte, an die falschen Schwestern, die Korallen aus Zelluloid, und sich selbst an den Händler Lakatos.

Er sehnte sich nach dem Frühling. Und als er endlich kam, erkannte Nissen Piczenik, daß er sich umsonst nach ihm gesehnt hatte. Sonst pflegten, jedes Jahr, noch vor Ostern, wenn die Eiszapfen um die Mittagsstunde zu schmelzen begannen, die Kunden in knarrenden Wägelchen oder in klingelnden Schlitten zu kommen. Für Ostern brauchten sie Korallen. Nun aber war der Frühling da, immer wärmer brütete die Sonne, jeden Tag wurden die Eiszapfen an den Dächern kürzer und die schmelzenden Schneehaufen am Straßenrand kleiner – – und keine Kunden kamen zu Nissen Piczenik. In seinem Schrank aus Eichenholz, in seinem fahrbaren Koffer, der, mächtig und mit eisernen Gurten versehen, neben dem Ofen auf seinen vier Rädern stand, lagen die edelsten Korallen in Haufen, Bünden und Schnüren. Aber kein Kunde kam. Es wurde immer wärmer, der Schnee verschwand, der linde Regen regnete, die Veilchen in den Wäldern sprossen, und in den Sümpfen quakten die Frösche: aber kein Kunde kam.

Um diese Zeit bemerkte man auch zum erstenmal in Progrody eine gewisse merkwürdige Veränderung im Wesen und Charakter Nissen Piczeniks. Ja, zum erstenmal begannen die Einwohner von Progrody zu vermuten, daß der Korallenhändler ein Sonderbarer sei, ein Sonderling sogar – und manche verloren den hergebrachten Respekt vor ihm, und manche lachten ihn sogar öffentlich aus. Viele gute Leute von Progrody sagten nicht mehr: Hier geht der Korallenhändler vorbei – – sondern sie sagten einfach: Nissen Piczenik geht eben vorbei – er war ein großer Korallenhändler.

Er selbst war daran schuld. Denn er benahm sich keineswegs so, wie es die Gesetze und die Würde der Trauer einem Witwer vorschreiben. Hatte man ihm noch seine sonderbare Freundschaft für den Matrosen Komrower nachgesehen und den Besuch in der berüchtigten Schenke Podgorzews, so konnte man doch nicht, ohne weiterhin schwersten Verdacht gegen ihn zu schöpfen, seine Besuche in jener Schenke zur Kenntnis nehmen. Denn, jeden Tag beinahe seit dem Tode seiner Frau ging Nissen Piczenik in die Schenke Podgorzews. Er begann, Met mit Leidenschaft zu trinken. Und da ihm mit der Zeit der Met zu süß erschien, ließ er sich noch einen Wodka beimischen. Manchmal setzte sich eines der leichtfertigen Mädchen neben ihn. Und er, der nie in seinem Leben eine andere Frau gekannt hatte als seine nunmehr tote Ehefrau, er, der niemals eine andere Lust gekannt hatte als die, seine wirklichen Frauen, nämlich die Korallen, zu liebkosen, zu sortieren und zu fädeln, er fühlte sich manchmal in der wüsten Schenke Podgorzews anheimgefallen dem billigen weißen Fleisch der Weiber, seinem eigenen Blut, das der Würde seiner bürgerlichen und geachteten Existenz spottete, und der großartigen heißen Vergessenheit, die die Leiber der Mädchen ausströmten. Und er trank, und er liebkoste die Mädchen, die neben ihm saßen, zuweilen sich auch auf seinen Schoß setzten. Wollust empfand er, die gleiche Wollust wie etwa beim Spiel mit seinen Korallen. Und mit seinen starken, rotbehaarten Fingern tastete er, weniger geschickt, sogar lächerlich unbeholfen, nach den Brustwarzen der Mädchen, die so rot waren wie manche Korallen. Und er verfiel – wie man zu sagen pflegt – schnell, immer schneller, von Tag zu Tag beinahe. Er fühlte es selbst. Sein Gesicht wurde magerer, sein hagerer Rücken krümmte sich, Rock und Stiefel putzte er nicht mehr, den Bart strählte er nicht mehr. Mechanisch verrichtete er jeden Morgen und Abend seine Gebete. Er fühlte es selbst: er war nicht mehr der Korallenhändler schlechthin, er war Nissen Piczenik, einst ein großer Korallenhändler.

Er spürte, daß er noch ein Jahr, noch ein halbes Jahr später, zum Gespött des Städtchens werden müßte – und was ging es ihn eigentlich an? Nicht Progrody, der Ozean war seine Heimat.

Also faßte er eines Tages den tödlichen Entschluß seines Lebens.

Vorher aber machte er sich eines Tages nach Sutschky auf – und siehe da: im Laden des Jenö Lakatos aus Budapest sah er alle seine alten Kunden, und sie lauschten den grölenden Liedern des Phonographen andächtig, und sie kauften Zelluloid-Korallen, zu fünfzig Kopeken die Kette.

„Nun, was habe ich Ihnen vor einem Jahr gesagt?“ – rief Lakatos Nissen Piczenik zu. – „Wollen Sie noch zehn Pud, zwanzig, dreißig?“

Nissen Piczenik sagte: „Ich will keine falschen Korallen mehr. Ich, was mich betrifft, *ich* handle nur mit echten.“

## 8

Und er fuhr heim, nach Progrody, und ging in aller Stille und Heimlichkeit zu Benjamin Broczyner, der ein Reisebüro unterhielt und mit Schiffskarten für Auswanderer handelte. Es waren vor allem Deserteure und ganz arme Juden, die nach Kanada und Amerika auswandern mußten und von denen Broczyner lebte. Er verwaltete in Progrody die Vertretung einer Hamburger Schiffahrtsgesellschaft.

„Ich will nach Kanada fahren!" – sagte der Korallenhändler Nissen Piczenik – „und zwar so bald wie möglich."

„Das nächste Schiff heißt „Phönix" und geht in vierzehn Tagen von Hamburg ab. Bis dahin verschaffen wir Ihnen die Papiere" – sagte Broczyner.

„Gut, gut!" – erwiderte Piczenik. – „Sagen Sie niemandem etwas davon."

Und er ging nach Hause und packte alle Korallen, die echten, in seinen fahrbaren Koffer.

Die Zelluloid-Korallen aber legte er auf das kupferne Untergestell des Samowars, zündete sie an und sah zu, wie sie bläulich und stinkend verbrannten. Es dauerte lange, mehr als fünfzehn Pud falscher Korallen waren es. Es gab dann einen gewaltigen Haufen schwarzgrauer geringelter Asche. Und um die Petroleumlampe in der Mitte des Zimmers schlängelte und ringelte sich der graublaue Rauch des Zelluloids.

Dies war der Abschied Nissen Piczeniks von seiner Heimat.

Am einundzwanzigsten April bestieg er in Hamburg den Dampfer „Phönix" als ein Zwischendeckpassagier.

Vier Tage war das Schiff unterwegs, als die Katastrophe kam: vielleicht erinnern sich noch manche daran.

Mehr als zweihundert Passagiere gingen mit der „Phönix" unter. Sie ertranken natürlich.

Was aber Nissen Piczenik betrifft, der ebenfalls damals unterging, so kann man nicht sagen, er sei einfach ertrunken wie die anderen. Er war vielmehr – dies kann man mit gutem Gewissen erzählen – zu den Korallen heimgekehrt, auf den Grund des Ozeans, wo der gewaltige Leviathan sich ringelt.

Und wollen wir dem Bericht eines Mannes glauben, der durch ein Wunder – wie man zu sagen pflegt – damals dem Tode entging, so müssen wir mitteilen, daß sich Nissen Piczenik lange noch, bevor die Rettungsboote gefüllt waren, über Bord ins Wasser stürzte zu seinen Korallen, zu seinen echten Korallen.

Was mich betrifft, so glaube ich es gerne. Denn ich habe Nissen Piczenik gekannt, und ich bürge dafür, daß er zu den Korallen gehört hat und daß der Grund des Ozeans seine einzige Heimat war.

Möge er dort in Frieden ruhn neben dem Leviathan bis zur Ankunft des Messias.

## Die Legende vom heiligen Trinker

*1*

An einem Frühlingsabend des Jahres 1934 stieg ein Herr gesetzten Alters die steinernen Stufen hinunter, die von einer der Brücken über die Seine zu deren Ufern führen. Dort pflegen, wie fast aller Welt bekannt ist und was dennoch bei dieser Gelegenheit in das Gedächtnis der Menschen zurückgerufen zu werden verdient, die Obdachlosen von Paris zu schlafen, oder besser gesagt: zu lagern.

Einer dieser Obdachlosen nun kam dem Herrn gesetzten Alters, der übrigens wohlgekleidet war und den Eindruck eines Reisenden machte, der die Sehenswürdigkeiten fremder Städte in Augenschein zu nehmen gesonnen war, von ungefähr entgegen. Dieser Obdachlose sah zwar genauso verwahrlost und erbarmungswürdig aus wie alle die anderen, mit denen er sein Leben teilte, aber er schien dem wohlgekleideten Herrn gesetzten Alters einer besonderen Aufmerksamkeit würdig; warum wissen wir nicht.

Es war, wie gesagt, bereits Abend, und unter den Brücken, an den Ufern des Flusses, dunkelte es stärker als oben, auf dem Kai und auf den Brücken. Der obdachlose und sichtlich verwahrloste Mann schwankte ein wenig. Er schien den älteren wohlangezogenen Herrn nicht zu bemerken. Dieser aber, der gar nicht schwankte, sondern sicher und geradewegs seine Schritte dahinlenkte, hatte schon offenbar von weitem den Schwankenden bemerkt. Der Herr gesetzten Alters vertrat geradezu dem verwahrlosten Mann den Weg. Beide blieben sie einander gegenüber stehen.

„Wohin gehen Sie, Bruder?“ – fragte der ältere wohlgekleidete Herr.

Der andere sah ihn einen Augenblick an, dann sagte er:

„Ich wüßte nicht, daß ich einen Bruder hätte, und ich weiß nicht, wo mich der Weg hinführt.“

„Ich werde versuchen, Ihnen den Weg zu zeigen“ – sagte der Herr. „Aber Sie sollen mir nicht böse sein, wenn ich Sie um einen ungewöhnlichen Gefallen bitte.“

„Ich bin zu jedem Dienst bereit“ – antwortete der Verwahrloste.

„Ich sehe zwar, daß Sie manche Fehler haben. Aber Gott schickt Sie mir in den Weg. Gewiß brauchen Sie Geld, nehmen Sie mir diesen Satz nicht übel! Ich habe zuviel. Wollen Sie mir aufrichtig sagen, wieviel Sie brauchen? Wenigstens für den Augenblick?“

Der andere dachte ein paar Sekunden nach, dann sagte er: „Zwanzig Francs.“

„Das ist gewiß zu wenig“ – erwiderte der Herr. „Sie brauchen sicherlich zweihundert.“

Der Verwahrloste trat einen Schritt zurück, und es sah aus, als ob er fallen sollte, aber er blieb dennoch aufrecht, wenn auch schwankend. Dann sagte er: „Gewiß sind mir zweihundert Francs lieber als zwanzig, aber ich bin ein Mann von Ehre. Sie scheinen mich zu verkennen. Ich kann das Geld, das Sie mir anbieten, nicht annehmen, und zwar aus folgenden Gründen: erstens, weil ich nicht die Freude habe, Sie zu kennen; zweitens, weil ich nicht weiß, wie und wann ich es Ihnen zurückgeben könnte; drittens, weil Sie auch nicht die Möglichkeit haben, mich zu mahnen. Denn ich habe keine Adresse. Ich wohne fast jeden Tag unter einer anderen Brücke dieses Flusses. Dennoch bin ich, wie ich schon einmal betont habe, ein Mann von Ehre, wenn auch ohne Adresse."

„Auch ich habe keine Adresse", antwortete der Herr gesetzten Alters, „auch ich wohne jeden Tag unter einer anderen Brücke, und ich bitte Sie dennoch, die zweihundert Francs – eine lächerliche Summe übrigens für einen Mann wie Sie – freundlich anzunehmen. Was nun die Rückzahlung betrifft, so muß ich weiter ausholen, um Ihnen erklärlich zu machen, weshalb ich Ihnen etwa keine Bank angeben kann, wo Sie das Geld zurückgeben könnten. Ich bin nämlich ein Christ geworden, weil ich die Geschichte der kleinen heiligen Therese von Lisieux gelesen habe. Und nun verehre ich insbesondere jene kleine Statue der Heiligen, die sich in der Kapelle Ste Marie des Batignolles befindet und die Sie leicht sehen werden. Sobald Sie also die armseligen zweihundert Francs haben und Ihr Gewissen Sie zwingt, diese lächerliche Summe nicht schuldig zu bleiben, gehen Sie, bitte, in die Ste Marie des Batignolles und hinterlegen Sie dort zu Händen des Priesters, der die Messe gerade gelesen hat, dieses Geld. Wenn Sie es überhaupt jemandem schulden, so ist es die kleine heilige Therese. Aber vergessen Sie nicht: in der Ste Marie des Batignolles."

„Ich sehe" – sagte da der Verwahrloste – „daß Sie mich und meine Ehrenhaftigkeit vollkommen begriffen haben. Ich gebe Ihnen mein Wort, daß ich mein Wort halten werde. Aber ich kann nur sonntags in die Messe gehen."

„Bitte, sonntags", sagte der ältere Herr. Er zog zweihundert Francs aus der Brieftasche, gab sie dem Schwankenden und sagte: „Ich danke Ihnen!"

„Es war mir ein Vergnügen" – antwortete dieser und verschwand alsbald in der tiefen Dunkelheit.

Denn es war inzwischen unten finster geworden, indes oben, auf den Brücken und an den Kais, sich die silbernen Laternen entzündeten, um die fröhliche Nacht von Paris zu verkünden.

## 2

Auch der wohlgekleidete Herr verschwand in der Finsternis. Ihm war in der Tat das Wunder der Bekehrung zuteil geworden. Und er hatte beschlossen, das Leben der Ärmsten zu führen. Und er wohnte deshalb unter der Brücke.

Aber was den anderen betrifft, so war er ein Trinker, geradezu ein Säufer. Er hieß Andreas. Und er lebte von Zufällen, wie viele Trinker. Lange war es her, daß er zweihundert Francs besessen hatte. Und vielleicht deshalb, weil es so lange her war, zog er beim kümmerlichen Schein einer der seltenen Laternen unter einer der Brücken ein Stückchen Papier hervor und den Stumpf von einem Bleistift und schrieb sich die Adresse der kleinen heiligen Therese auf und die Summe von zweihundert Francs, die er ihr von dieser Stunde an schuldete. Er ging eine der Treppen hinauf, die von den Ufern der Seine zu den Kais hinaufführen. Dort, das wußte er, gab es ein Restaurant. Und er trat ein, und er aß und trank reichlich, und er gab viel Geld aus, und er nahm noch eine ganze Flasche mit, für die Nacht, die er unter der Brücke zu verbringen gedachte, wie gewöhnlich. Ja, er klaubte sich sogar noch eine Zeitung aus einem Papierkorb auf. Aber nicht, um in ihr zu lesen, sondern um sich mit ihr zuzudecken. Denn Zeitungen halten warm, das wissen alle Obdachlosen.

## 3

Am nächsten Morgen stand Andreas früher auf, als er gewohnt war, denn er hatte ungewöhnlich gut geschlafen. Er erinnerte sich nach langer Überlegung, daß er gestern ein Wunder erlebt hatte, ein Wunder. Und, da er in dieser letzten warmen Nacht, zugedeckt von der Zeitung, besonders gut geschlafen zu haben glaubte, wie seit langem nicht, beschloß er auch, sich zu waschen, was er seit vielen Monaten, nämlich in der kälteren Jahreszeit, nicht getan hatte. Bevor er aber seine Kleider ablegte, griff er noch einmal in die innere linke Rocktasche, wo, seiner Erinnerung nach, der greifbare Rest des Wunders sich befinden mußte. Nun suchte er eine besonders abgelegene Stelle an der Böschung der Seine, um sich zumindest Gesicht und Hals zu waschen. Da es ihm aber schien, daß überall Menschen, armselige Menschen seiner Art eben (verkommen, wie er sie auf einmal selbst im stillen nannte), seiner Waschung zusehen könnten, verzichtete er schließlich auf sein Vorhaben und begnügte sich damit, nur die Hände ins Wasser zu tauchen. Hierauf zog er sich den Rock wieder an, griff noch einmal nach dem Schein in der linken inneren Tasche und kam sich vollständig gesäubert und geradezu verwandelt vor. Er ging in den Tag hinein, in einen seiner Tage, die er seit undenklichen Zeiten zu vertun gewohnt war, entschlossen, sich auch heute in die gewohnte Rue des Quatre Vents zu begeben, wo sich das russisch-armenische Restaurant Tari-Bari befand und wo er das kärgliche Geld, das ihm der tägliche Zufall beschied, in billigen Getränken anlegte.

Allein, an dem ersten Zeitungskiosk, an dem er vorbeikam, blieb er stehen, angezogen von den Illustrationen mancher Wochenschriften, aber auch plötzlich von der Neugier erfaßt, zu wissen, welcher Tag heute sei, welches Datum und welchen Namen dieser Tag trage. Er kaufte also eine Zeitung und sah, daß es ein Donnerstag war, und erinnerte sich plötzlich, daß er an einem Donnerstag geboren worden war, und ohne nach dem Datum zu sehen, beschloß er, diesen Donnerstag gerade für seinen Geburtstag zu halten. Und da er schon von einer kindlichen Feiertagsfreude ergriffen war, zögerte er auch nicht mehr einen Augenblick, sich guten, ja edlen Vorsätzen hinzugeben und nicht in das Tari-Bari einzutreten, sondern, die Zeitung in der Hand, in eine bessere Taverne, um dort einen Kaffee, allerdings mit Rum arrosiert, zu nehmen und ein Butterbrot zu essen.

Er ging also, selbstbewußt, trotz seiner zerlumpten Kleidung, in ein bürgerliches Bistro, setzte sich an einen Tisch, er, der seit so langer Zeit nur an der Theke zu stehen gewohnt war, das heißt: an ihr zu lehnen. Er setzte sich also. Und da sich seinem Sitz gegenüber ein Spiegel befand, konnte er auch nicht umhin, sein Angesicht zu betrachten, und es war ihm, als machte er jetzt aufs neue mit sich selbst Bekanntschaft. Da erschrak er allerdings. Er wußte auch zugleich, weshalb er sich in den letzten Jahren vor Spiegeln so gefürchtet hatte. Denn es war nicht gut, die eigene Verkommenheit mit eigenen Augen zu sehen. Und solange man es nicht anschaun mußte, war es beinahe so, als hätte man entweder überhaupt kein Angesicht, oder noch das alte, das herstammte aus der Zeit vor der Verkommenheit.

Jetzt aber erschrak er, wie gesagt, insbesondere, da er seine Physiognomie mit jenen der wohlanständigen Männer verglich, die in seiner Nachbarschaft saßen. Vor acht Tagen hatte er sich rasieren lassen, schlecht und recht, wie es eben ging, von einem seiner Schicksalsgenossen, die hie und da bereit waren, einen Bruder zu rasieren, gegen ein geringes Entgelt. Jetzt aber galt es, da man beschlossen hatte, ein neues Leben zu beginnen, sich wirklich, sich endgültig rasieren zu lassen. Er beschloß, in einen richtigen Friseurladen zu gehen, bevor er noch etwas bestellte.

Gedacht, getan – und er ging in einen Friseurladen.

Als er in die Taverne zurückkam, war der Platz, den er vorher eingenommen hatte, besetzt, und er konnte sich also nur von ferne im Spiegel sehen. Aber es reichte vollkommen, damit er erkenne, daß er verändert sei, verjüngt und verschönt. Ja, es war, als ginge von seinem Angesicht ein Glanz aus, der die Zerlumptheit der Kleider unbedeutend machte und die sichtlich zerschlissene Hemdbrust – und die rot-weiß gestreifte Krawatte, geschlungen um den Kragen mit rissigem Rand.

Also setzte er sich, unser Andreas, und im Bewußtsein seiner Erneuerung bestellte er mit jener sicheren Stimme, die er dereinst besessen hatte und die ihm jetzt wieder, wie eine alte liebe Freundin, zurückgekommen schien, einen „café, arroseé rhum“. Diesen bekam er auch, und, wie er zu bemerken glaubte, mit allem gehörigen Respekt, wie er sonst von Kellnern ehrwürdigen Gästen gegenüber bezeugt wird. Dies schmeichelte unserm Andreas besonders, es erhöhte ihn auch, und es bestätigte ihm seine Annahme, daß er gerade heute Geburtstag habe.

Ein Herr, der allein in der Nähe des Obdachlosen saß, betrachtete ihn längere Zeit, wandte sich um und sagte: „Wollen Sie Geld verdienen? Sie können bei mir arbeiten. Ich übersiedle nämlich morgen. Sie könnten meiner Frau und auch den Möbelpackern helfen. Mir scheint, Sie sind kräftig genug. Sie können doch? Sie wollen doch?"

„Gewiß will ich", antwortete Andreas.

„Und was verlangen Sie", fragte der Herr, „für eine Arbeit von zwei Tagen? Morgen und Samstag? Denn ich habe eine ziemlich große Wohnung, müssen Sie wissen, und ich beziehe eine noch größere. Und viele Möbel habe ich auch. Und ich selbst habe in meinem Geschäft zu tun."

„Bitte, ich bin dabei!" – sagte der Obdachlose.

„Trinken Sie?" – fragte der Herr.

Und er bestellte zwei Pernods, und sie stießen an, der Herr und der Andreas, und sie wurden miteinander auch über den Preis einig: er betrug zweihundert Francs.

„Trinken wir noch einen?" – fragte der Herr, nachdem er den ersten Pernod geleert hatte.

„Aber jetzt werde ich zahlen", sagte der obdachlose Andreas. „Denn Sie kennen mich nicht: ich bin ein Ehrenmann. Ein ehrlicher Arbeiter. Sehen Sie meine Hände!" – Und er zeigte seine Hände her. – „Es sind schmutzige, schwielige, aber ehrliche Arbeiterhände."

„Das hab' ich gern!" – sagte der Herr. Er hatte funkelnde Augen, ein rosa Kindergesicht und genau in der Mitte einen schwarzen kleinen Schnurrbart. Es war, im ganzen genommen, ein ziemlich freundlicher Mann, und Andreas gefiel er gut.

Sie tranken also zusammen, und Andreas zahlte die zweite Runde. Und als sich der Herr mit dem Kindergesicht erhob, sah Andreas, daß er sehr dick war. Er zog seine Visitenkarte aus der Brieftasche und schrieb seine Adresse darauf. Und hierauf zog er noch einen Hundertfrancsschein aus der gleichen Brieftasche, überreichte beides dem Andreas und sagte dazu: „Damit Sie auch sicher morgen kommen! Morgen früh um acht! Vergessen Sie nicht! Und den Rest bekommen Sie! Und nach der Arbeit trinken wir wieder einen Apéritif zusammen. Auf Wiedersehn! lieber

Freund!" – Damit ging der Herr, der dicke, mit dem Kindergesicht, und den Andreas verwunderte nichts mehr als dies, daß der dicke Mann die Adresse aus der gleichen Tasche gezogen hatte wie das Geld.

Nun, da er Geld besaß und noch die Aussicht hatte, mehr zu verdienen, beschloß er, sich ebenfalls eine Brieftasche anzuschaffen. Zu diesem Zweck begab er sich auf die Suche nach einem Lederwaren-Laden. In dem ersten, der auf seinem Wege lag, stand eine junge Verkäuferin. Sie erschien ihm sehr hübsch, wie sie so hinter dem Ladentisch stand, in einem strengen schwarzen Kleid, ein weißes Lätzchen über der Brust, mit Löckchen am Kopf und einem schweren Goldreifen am rechten Handgelenk. Er nahm den Hut vor ihr ab und sagte heiter: „Ich suche eine Brieftasche." Das Mädchen warf einen flüchtigen Blick auf seine schlechte Kleidung, aber es war nichts Böses in ihrem Blick, sondern sie hatte den Kunden nur einfach abschätzen wollen. Denn es befanden sich in ihrem Laden teure, mittelteure und ganz billige Brieftaschen. Um überflüssige Fragen zu ersparen, stieg sie sofort eine Leiter hinauf und holte eine Schachtel aus der höchsten Etagere. Dort lagerten nämlich die Brieftaschen, die manche Kunden zurückgebracht hatten, um sie gegen andere einzutauschen. Hierbei sah Andreas, daß dieses Mädchen sehr schöne Beine und sehr schlanke Halbschuhe hatte, und er erinnerte sich jener halbvergessenen Zeiten, in denen er selbst solche Waden gestreichelt, solche Füße geküßt hatte; aber der Gesichter erinnerte er sich nicht mehr, der Gesichter der Frauen; mit Ausnahme eines einzigen, nämlich jenes, für das er im Gefängnis gesessen hatte.

Indessen stieg das Mädchen von der Leiter, öffnete die Schachtel, und er wählte eine der Brieftaschen, die zuoberst lagen, ohne sie näher anzusehen. Er zahlte und setzte den Hut wieder auf und lächelte dem Mädchen zu, und das Mädchen lächelte wieder. Zerstreut steckte er die neue Brieftasche ein, aber das Geld ließ er daneben liegen. Ohne Sinn erschien ihm plötzlich die Brieftasche. Hingegen beschäftigte er sich mit der Leiter, mit den Beinen, mit den Füßen des Mädchens. Deshalb ging er in die Richtung des Montmartre, jene Stätten zu suchen, an denen er früher Lust genossen hatte. In einem steilen und engen Gäßchen fand er auch die Taverne mit den Mädchen. Er setzte sich mit mehreren an einen Tisch, bezahlte eine Runde und wählte eines von den Mädchen, und zwar jenes, das ihm am nächsten saß. Hierauf ging er zu ihr. Und obwohl es erst Nachmittag war, schlief er bis in den grauenden Morgen – und weil die Wirte gutmütig waren, ließen sie ihn schlafen.

Am nächsten Morgen, am Freitag also, ging er zu der Arbeit, zu dem dicken Herrn. Dort galt es, der Hausfrau beim Einpacken zu helfen, und obwohl die Möbelpacker bereits ihr Werk verrichteten, blieben für Andreas noch genug schwierige und weniger harte Hilfeleistungen übrig. Doch spürte er im Laufe des Tages die Kraft in seine Muskeln zurückkehren und freute sich der Arbeit. Denn bei der Arbeit war er aufgewachsen, ein Kohlenarbeiter, wie sein Vater, und noch ein wenig ein Bauer, wie sein Großvater. Hätte ihn nur die Frau des Hauses nicht so aufgeregt, die ihm sinnlose Befehle erteilte und ihn mit einem einzigen Atemzug hierhin und dorthin beorderte, so daß er nicht wußte, wo ihm der Kopf stand. Aber sie selbst war aufgeregt, er sah es ein. Es konnte auch ihr nicht leichtfallen, so mir nichts, dir nichts, zu übersiedeln, und vielleicht hatte sie auch Angst vor dem neuen Haus. Sie stand angezogen, im Mantel, mit Hut und Handschuhen, Täschchen und Regenschirm, obwohl sie doch hätte wissen müssen, daß sie noch einen Tag und eine Nacht und auch morgen noch im Hause verbleiben müsse. Von Zeit zu Zeit mußte sie sich die Lippen schminken, Andreas begriff es vortrefflich. Denn sie war eine Dame. Andreas arbeitete den ganzen Tag. Als er fertig war, sagte die Frau des Hauses zu ihm: „Kommen Sie morgen pünktlich, um sieben Uhr früh." Sie zog ein Beutelchen aus ihrem Täschchen, Silbermünzen lagen darin. Sie suchte lange, ergriff ein Zehnfrancsstück, ließ es aber wieder ruhen, dann entschloß sie sich, fünf Francs hervorzuziehen. „Hier ein Trinkgeld!" – sagte sie. „Aber" – so fügte sie hinzu – „vertrinken Sie's nicht ganz und seien Sie pünktlich morgen hier!"

Andreas dankte, ging, vertrank das Trinkgeld, aber nicht mehr. Er verschlief diese Nacht in einem kleinen Hotel.

Man weckte ihn um sechs Uhr morgens. Und er ging frisch an seine Arbeit.

## 4

So kam er am nächsten Morgen, früher noch als die Möbelpacker. Und wie am vorigen Tage stand die Frau des Hauses schon da, angekleidet, mit Hut und Handschuhen, als hätte sie sich gar nicht schlafen gelegt, und sagte zu ihm freundlich: „Ich sehe also, daß Sie gestern meiner Mahnung gefolgt sind und wirklich nicht alles Geld vertrunken haben."

Nun machte sich Andreas an die Arbeit. Und er begleitete noch die Frau in das neue Haus, in das sie übersiedelten, und wartete, bis der freundliche, dicke Mann kam, und der bezahlte ihm den versprochenen Lohn.

„Ich lade Sie noch auf einen Trunk ein", sagte der dicke Herr. „Kommen Sie mit."

Aber die Frau des Hauses verhinderte es, denn sie trat dazwischen und verstellte geradezu ihrem Mann den Weg und sagte: „Wir müssen gleich essen." Also ging Andreas allein weg, trank allein und aß allein an diesem Abend und trat noch in zwei Tavernen ein, um an den Theken zu trinken. Er trank viel, aber er betrank sich nicht und gab acht, daß er nicht zuviel Geld ausgäbe, denn er wollte morgen, eingedenk seines Versprechens, in die Kapelle Ste Marie des Batignolles gehen, um wenigstens einen Teil seiner Schuld an die kleine heilige Therese abzustatten. Allerdings trank er gerade so viel, daß er nicht mehr mit einem ganz sicheren Auge und mit dem Instinkt, den nur die Armut verleiht, das allerbilligste Hotel jener Gegend finden konnte.

Also fand er ein etwas teureres Hotel und auch hier zahlte er im voraus, weil er zerschlissene Kleider und kein Gepäck hatte. Aber er machte sich gar nichts daraus und schlief ruhig, ja, bis in den Tag hinein. Er erwachte durch das Dröhnen der Glocken einer nahen Kirche und wußte sofort, was heute für ein wichtiger Tag sei: ein Sonntag; und daß er zur kleinen heiligen Therese müsse, um ihr seine Schuld zurückzuzahlen. Flugs fuhr er nun in die Kleider und begab sich schnellen Schrittes zu dem Platz, wo sich die Kapelle befand. Er kam aber dennoch nicht rechtzeitig zur Zehn-Uhr-Messe an, die Leute strömten ihm gerade aus der Kirche entgegen. Er fragte, wann die nächste Messe beginne, und man sagte ihm, sie fände um zwölf Uhr statt. Er wurde ein wenig ratlos, wie er so vor dem Eingang der Kapelle stand. Er hatte noch eine Stunde Zeit, und diese wollte er keineswegs auf der Straße verbringen. Er sah sich also um, wo er am besten warten könne, und erblickte rechts schräg gegenüber der Kapelle ein Bistro, und dorthin ging er und beschloß, die Stunde, die ihm übrigblieb, abzuwarten.

Mit der Sicherheit eines Menschen, der Geld in seiner Tasche weiß, bestellte er einen Pernod, und er trank ihn auch mit der Sicherheit eines Menschen, der schon viele in seinem Leben getrunken hatte. Er trank noch einen zweiten und einen dritten, und er schüttete immer weniger Wasser in sein Glas nach. Und als gar der vierte kam, wußte er nicht mehr, ob er zwei, fünf oder sechs Gläser getrunken hatte. Auch erinnerte er sich nicht mehr, weshalb er in dieses Café und an diesen Ort geraten sei. Er wußte lediglich noch, daß er hier einer Pflicht, einer Ehrenpflicht, zu gehorchen hatte, und er zahlte, erhob sich, ging, immerhin noch sicheren Schrittes, zur Tür hinaus, erblickte die Kapelle schräg links gegenüber und wußte sofort wiederum, wo, warum und wozu er sich hier befinde. Eben wollte er den ersten Schritt in die Richtung der Kapelle lenken, als er plötzlich seinen Namen rufen hörte. „Andreas!" – rief eine Stimme, eine Frauenstimme. Sie kam aus verschütteten Zeiten. Er hielt inne und wandte den Kopf nach rechts, woher die Stimme gekommen war. Und er erkannte sofort das Gesicht, dessentwegen er im Gefängnis gesessen war. Es war Karoline.

Karoline! Zwar trug sie Hut und Kleider, die er nie an ihr gekannt hatte, aber es war doch ihr Gesicht, und also zögerte er nicht, ihr in die Arme zu fallen, die sie im Nu ausgebreitet hatte. „Welch eine Begegnung", sagte sie. Und es war wahrhaftig ihre Stimme, die Stimme der Karoline. „Bist du allein?" – fragte sie.

„Ja", sagte er, „ich bin allein."

„Komm, wir wollen uns aussprechen", sagte sie.

„Aber, aber", erwiderte er, „ich bin verabredet."

„Mit einem Frauenzimmer?“ – fragte sie.

„Ja“, – sagte er furchtsam.

„Mit wem?“

„Mit der kleinen Therese“ – antwortete er.

„Sie hat nichts zu bedeuten“ – sagte Karoline.

In diesem Augenblick fuhr ein Taxi vorbei, und Karoline hielt es mit ihrem Regenschirm auf. Und schon sagte sie eine Adresse dem Chauffeur, und ehe sich es noch Andreas versehen hatte, saß er drinnen im Wagen neben Karoline, und schon rollten sie, schon rasten sie dahin, wie es Andreas schien, durch teils bekannte, teils unbekannte Straßen, weiß Gott, in welche Gefilde!

Jetzt kamen sie in eine Gegend außerhalb der Stadt; lichtgrün, vorfrühlingsgrün war die Landschaft, in der sie hielten, das heißt der Garten, hinter dessen spärlichen Bäumen sich ein verschwiegenes Restaurant verbarg.

Karoline stieg zuerst aus; mit dem Sturmesschritt, den er an ihr gewohnt war, stieg sie zuerst aus, über seine Knie hinweg. Sie zahlte, und er folgte ihr. Und sie gingen ins Restaurant und saßen nebeneinander auf einer Banquette aus grünem Plüsch, wie einst in jungen Zeiten, vor dem Kriminal. Sie bestellte das Essen, wie immer, und sie sah ihn an, und er wagte nicht, sie anzusehen.

„Wo bist du die ganze Zeit gewesen?“ – fragte sie.

„Überall, nirgends“ – sagte er. „Ich arbeite erst seit zwei Tagen wieder. Die ganze Zeit, seitdem wir uns nicht wiedergesehn haben, habe ich getrunken, und ich habe unter den Brücken geschlafen, wie alle unsereins, und du hast wahrscheinlich ein besseres Leben geführt. – Mit Männern“, fügte er nach einiger Zeit hinzu.

„Und du?“ fragte sie. „Mittendrin, wo du versoffen bist und ohne Arbeit und wo du unter den Brücken schläfst, hast du noch Zeit und Gelegenheit, eine Therese kennenzulernen. Und wenn ich nicht gekommen wäre, zufällig, wärest du wirklich zu ihr hingegangen."

Er antwortete nicht, er schwieg, bis sie beide das Fleisch gegessen hatten und der Käse kam und das Obst. Und wie er den letzten Schluck Wein aus seinem Glase getrunken hatte, überfiel ihn aufs neue jener plötzliche Schrecken, den er vor langen Jahren, während der Zeit seines Zusammenlebens mit Karoline, so oft gefühlt hatte. Und er wollte ihr wieder einmal entfliehen, und er rief: „Kellner, zahlen!" Sie aber fuhr ihm dazwischen: „Das ist meine Sache, Kellner!" Der Kellner, es war ein gereifter Mann mit erfahrenen Augen, sagte: „Der Herr hat zuerst gerufen." Andreas war es also auch, der zahlte. Bei dieser Gelegenheit hatte er das ganze Geld aus der linken inneren Rocktasche hervorgeholt, und nachdem er gezahlt hatte, sah er mit einigem, allerdings durch Weingenuß gemildertem Schrecken, daß er nicht mehr die ganze Summe besaß, die er der kleinen Heiligen schuldete. „Aber es geschehen", sagte er sich im stillen, „mir heutzutage so viele Wunder hintereinander, daß ich wohl sicherlich die nächste Woche noch das schuldige Geld aufbringen und zurückzahlen werde."

„Du bist also ein reicher Mann", sagte Karoline auf der Straße. „Von dieser kleinen Therese läßt du dich wohl aushalten."

Er erwiderte nichts, und also war sie dessen sicher, daß sie recht hatte. Sie verlangte, ins Kino geführt zu werden. Und er ging mit ihr ins Kino. Nach langer Zeit sah er wieder ein Filmstück. Aber es war schon so lange her, daß er eines gesehen hatte, daß er dieses kaum mehr verstand und an der Schulter der Karoline einschlief. Hierauf gingen sie in ein Tanzlokal, wo man Ziehharmonika spielte, und es war schon so lange her, seitdem er zuletzt getanzt hatte, daß er gar nicht mehr recht tanzen konnte, als er es mit Karoline versuchte. Also nahmen sie ihm andere Tänzer weg, sie war immer noch recht frisch und begehrenswert. Er saß allein am Tisch und trank wieder Pernod, und es war ihm wie in alten Zeiten, wo Karoline auch mit anderen getanzt und er allein am Tisch getrunken hatte. Infolgedessen holte er sie auch plötzlich und gewaltsam aus den Armen eines Tänzers weg und sagte: „Wir gehen nach Hause!"

Faßte sie am Nacken und ließ sie nicht mehr los, zahlte und ging mit ihr nach Hause. Sie wohnte in der Nähe.

Und so war alles wie in alten Zeiten, in den Zeiten vor dem Kriminal.

## 5

Sehr früh am Morgen erwachte er. Karoline schlief noch. Ein einzelner Vogel zwitscherte vor dem offenen Fenster. Eine Zeitlang blieb er mit offenen Augen liegen und nicht länger als ein paar Minuten. In diesen wenigen Minuten dachte er nach. Es kam ihm vor, daß ihm seit langer Zeit nicht so viel Merkwürdiges passiert sei wie in dieser einzigen Woche. Auf einmal wandte er sein Gesicht um und sah Karoline zu seiner Rechten. Was er gestern bei der Begegnung mit ihr nicht gesehen hatte, bemerkte er jetzt: sie war alt geworden: blaß, aufgedunsen und schwer atmend schlief sie den Morgenschlaf alternder Frauen. Er erkannte den Wandel der Zeiten, die an ihm selbst vorbeigegangen waren. Und er erkannte auch den Wandel seiner selbst, und er beschloß, sofort aufzustehen, ohne Karoline zu wecken, und ebenso zufällig, oder besser gesagt, schicksalshaft wegzugehen, so wie sie beide, Karoline und er, gestern zusammengekommen waren. Verstohlen zog er sich an und ging davon, in einen neuen Tag hinein, in einen seiner gewohnten neuen Tage.

Das heißt, eigentlich in einen seiner ungewohnten. Denn als er in die linke Brusttasche griff, wo er das erst seit einiger Zeit erworbene oder gefundene Geld aufzuheben gewohnt war, bemerkte er, daß ihm nur noch mehr ein Schein von fünfzig Francs verblieben war und ein paar kleine Münzen dazu. Und er, der schon seit langen Jahren nicht gewußt hatte, was Geld bedeute, und auf dessen Bedeutung er keineswegs mehr achtgegeben hatte, erschrak nunmehr, so wie einer zu erschrecken pflegt, der gewohnt ist, immer Geld in der Tasche zu haben, und auf einmal in die Verlegenheit gerät, sehr wenig noch in ihr zu finden. Auf einmal schien es ihm, inmitten der morgengrauen, verlassenen Gasse, daß er, der seit unzähligen Monaten Geldlose, plötzlich arm geworden sei, weil er nicht mehr so viele Scheine in der Tasche verspürte, wie er sie in den letzten Tagen besessen hatte. Und es kam ihm vor, daß die Zeit seiner

Geldlosigkeit sehr, sehr weit hinter ihm zurück läge, und daß er eigentlich den Betrag, welcher den ihm gebührenden Lebensstandard aufrechterhalten sollte, übermütiger sowie auch leichtfertiger Weise für Karoline ausgegeben hatte.

Er war also böse auf Karoline. Und auf einmal begann er, der niemals auf Geldbesitz Wert gelegt hatte, den Wert des Geldes zu schätzen. Auf einmal fand er, daß der Besitz eines Fünfzig-Francs-Scheines lächerlich sei für einen Mann von solchem Wert und daß er überhaupt, um auch nur über den Wert seiner Persönlichkeit sich selber klarzuwerden, es unbedingt nötig habe, über sich selbst in Ruhe bei einem Glas Pernod nachzudenken.

Nun suchte er sich unter den nächstliegenden Gaststätten eine aus, die ihm am gefälligsten schien, setzte sich dorthin und bestellte einen Pernod. Während er ihn trank, erinnerte er sich daran, daß er eigentlich ohne Aufenthaltserlaubnis in Paris lebte, und er sah seine Papiere nach. Und hierauf fand er, daß er eigentlich ausgewiesen sei, denn er war als Kohlenarbeiter nach Frankreich gekommen, und er stammte aus Olschowice, aus dem polnischen Schlesien.

## *6*

Hierauf, während er seine halbzerfetzten Papiere vor sich auf dem Tisch ausbreitete, erinnerte er sich daran, daß er eines Tages, vor vielen Jahren, hierher gekommen war, weil man in der Zeitung kundgemacht hatte, daß man in Frankreich Kohlenarbeiter suche. Und er hatte sich sein Lebtag nach einem fernen Lande gesehnt. Und er hatte in den Gruben von Quebecque gearbeitet und er war einquartiert gewesen bei seinen Landsleuten, dem Ehepaar Schebiec. Und er liebte die Frau, und da der Mann sie eines Tages zu Tode schlagen wollte, schlug er, Andreas, den Mann tot. Dann saß er zwei Jahre im Kriminal.

Diese Frau war eben Karoline.

Und dieses alles dachte Andreas im Betrachten seiner bereits ungültig gewordenen Papiere. Und hierauf bestellte er noch einen Pernod, denn er war ganz unglücklich.

Als er sich endlich erhob, verspürte er zwar eine Art von Hunger, aber nur jenen, von dem lediglich Trinker befallen werden können. Es ist dies nämlich eine besondere Art von Begehrlichkeit (nicht nach Nahrung), die lediglich ein paar Augenblicke dauert und sofort gestillt wird, sobald derjenige, der sie verspürt, sich ein bestimmtes Getränk vorstellt, das ihm in diesem bestimmten Moment zu behagen scheint.

Lange schon hatte Andreas vergessen, wie er mit Vatersnamen hieß. Jetzt aber, nachdem er soeben seine ungültigen Papiere noch einmal gesehen hatte, erinnerte er sich daran, daß er Kartak hieße: Andreas Kartak. Und es war ihm, als entdeckte er sich selbst erst seit langen Jahren wieder.

Immerhin grollte er einigermaßen dem Schicksal, das ihm nicht wieder, wie das letztemal, einen dicken, schnurrbärtigen, kindergesichtigen Mann in dieses Caféhaus geschickt hatte, der es ihm möglich gemacht hätte, neues Geld zu verdienen. Denn an nichts gewöhnen sich die Menschen so leicht wie an Wunder, wenn sie ihnen ein-, zwei-, dreimal widerfahren sind. Ja! Die Natur der Menschen ist derart, daß sie sogar böse werden, wenn ihnen nicht unaufhörlich all jenes zuteil wird, was ihnen ein zufälliges und vorübergehendes Geschick versprochen zu haben scheint. So sind die Menschen – – und was wollten wir anderes von Andreas erwarten? Den Rest des Tages verbrachte er also in verschiedenen anderen Tavernen, und er gab sich bereits damit zufrieden, daß die Zeit der Wunder, die er erlebt hatte, vorbei sei; endgültig vorbei sei, und seine alte Zeit nun wieder begonnen habe. Und zu jenem langsamen Untergang entschlossen, zu dem Trinker immer bereit sind – Nüchterne werden das nie erfahren! –, begab sich Andreas wieder an die Ufer der Seine, unter die Brücken.

Er schlief dort, halb bei Tag und halb bei Nacht, so wie er es gewohnt gewesen war seit einem Jahr, hier und dort eine Flasche Schnaps ausleihend bei dem und jenem seiner Schicksalsgenossen – – bis zur Nacht des Donnerstags auf Freitag.

In jener Nacht nämlich träumte ihm, daß die kleine Therese in der Gestalt eines blondgelockten Mädchens zu ihm käme und ihm sagte: „Warum bist du letzten Sonntag nicht bei mir gewesen?" Und die kleine Heilige sah genauso aus, wie er sich vor vielen Jahren seine eigene Tochter vorgestellt hatte. Und er hatte gar keine Tochter! Und im Traum sagte er zu der kleinen Therese: „Wie sprichst du zu mir? Hast du vergessen, daß ich dein Vater bin?" Die Kleine antwortete: „Verzeih, Vater, aber tu mir den Gefallen und komm morgen, Sonntag, zu mir in die Ste Marie des Batignolles."

Nach dieser Nacht, in der er diesen Traum geträumt hatte, erhob er sich erfrischt und wie vor einer Woche, als ihm noch die Wunder geschehen waren, so als nähme er den Traum für ein wahres Wunder. Noch einmal wollte er sich am Flusse waschen. Aber bevor er seinen Rock zu diesem Zweck ablegte, griff er in die linke Brusttasche, in der vagen Hoffnung, es könnte sich dort noch irgend etwas Geld vorfinden, von dem er vielleicht gar nichts gewußt hätte. Er griff in die linke innere Brusttasche seines Rockes, und seine Hand fand dort zwar keinen Geldschein, wohl aber jene lederne Brieftasche, die er vor ein paar Tagen gekauft hatte. Diese zog er hervor. Es war eine äußerst billige, bereits verbrauchte, umgetauschte, wie nicht anders zu erwarten. Spaltleder. Rindsleder. Er betrachtete sie, weil er sich nicht mehr erinnerte, daß, wo und wann er sie gekauft hatte. Wie kommt das zu mir? fragte er sich. Schließlich öffnete er das Ding und sah, daß es zwei Fächer hatte. Neugierig sah er in beide hinein, und in einem von ihnen war ein Geldschein. Und er zog ihn hervor, es war ein Tausend-Francs-Schein.

Hierauf steckte er die tausend Francs in die Hosentasche und ging an das Ufer der Seine, und ohne sich um seine Unheilsgenossen zu kümmern, wusch er sich Gesicht und den Hals sogar, und dies beinahe fröhlich. Hierauf zog er sich den Rock wieder an und ging in den Tag hinein, und er begann den Tag damit, daß er in ein Tabac eintrat, um Zigaretten zu kaufen.

Nun hatte er zwar Kleingeld genug, um die Zigaretten bezahlen zu können, aber er wußte nicht, bei welcher Gelegenheit er den Tausend-Francs-Schein, den er so wunderbarerweise in der Brieftasche gefunden hatte, wechseln könnte. Denn soviel Welterfahrung besaß er schon, daß er ahnte, es bestünde in den Augen der Welt, das heißt, in den Augen der maßgebenden Welt, ein bedeutender Gegensatz zwischen seiner Kleidung, seinem Aussehen und einem Schein von tausend Francs. Immerhin beschloß er, mutig, wie er durch das erneuerte Wunder geworden war, die Banknote zu zeigen. Allerdings, den Rest der Klugheit noch gebrauchend, der ihm verblieben war, um dem Herrn an der Kasse des Tabacs zu sagen: „Bitte, wenn Sie tausend Francs nicht wechseln können, gebe ich Ihnen auch Kleingeld. Ich möchte sie aber gerne gewechselt haben."

Zum Erstaunen Andreas' sagte der Herr vom Tabac: „Im Gegenteil! Ich brauche einen Tausend-Francs-Schein, Sie kommen mir sehr gelegen." Und der Besitzer wechselte den Tausend-Francs-Schein. Hierauf blieb Andreas ein wenig an der Theke stehen und trank drei Gläser Weißwein; gewissermaßen aus Dankbarkeit gegenüber dem Schicksal.

## 7

Indes er so an der Theke stand, fiel ihm eine eingerahmte Zeichnung auf, die hinter dem breiten Rücken des Wirtes an der Wand hing, und diese Zeichnung erinnerte ihn an einen alten Schulkameraden aus Olschowice. Er fragte den Wirt:

„Wer ist das? Den kenne ich, glaube ich." Darauf brachen sowohl der Wirt, als auch sämtliche Gäste, die an der Theke standen, in ein ungeheures Gelächter aus. Und sie riefen alle: „Wie, er kennt ihn nicht!"

Denn es war in der Tat der große Fußballspieler Kanjak, schlesischer Abkunft, allen normalen Menschen wohlbekannt. Aber woher sollten ihn Alkoholiker, die unter den Seine-Brücken schliefen, kennen, und wie, zum Beispiel, unser Andreas? Da er sich aber schämte, und insbesondere deshalb, weil er soeben einen Tausend-Francs-Schein gewechselt hatte, sagte Andreas: „Oh, natürlich kenne ich ihn, und es ist sogar mein Freund.

Aber die Zeichnung schien mir mißraten." Hierauf, und damit man ihn nicht weiter fragte, zahlte er schnell und ging.

Jetzt verspürte er Hunger. Er suchte also das nächste Gasthaus auf und aß und trank einen roten Wein und nach dem Käse einen Kaffee und beschloß, den Nachmittag in einem Kino zu verbringen. Er wußte nur noch nicht, in welchem. Er begab sich also im Bewußtsein dessen, daß er im Augenblick so viel Geld besäße, wie jeder der wohlhabenden Männer, die ihm auf der Straße entgegenkommen mochten, auf die großen Boulevards. Zwischen der Oper und dem Boulevard des Capucines suchte er nach einem Film, der ihm wohl gefallen möchte, und schließlich fand er einen. Das Plakat, das diesen Film ankündigte, stellte nämlich einen Mann dar, der in einem fernen Abenteuer offenbar unterzugehen gedachte. Er schlich, wie das Plakat vorgab, durch eine erbarmungslose, sonnverbrannte Wüste. In dieses Kino trat nun Andreas ein. Er sah den Film vom Mann, der durch die sonnverbrannte Wüste geht. Und schon war Andreas im Begriffe, den Helden des Films sympathisch und ihn sich selbst verwandt zu fühlen, als plötzlich das Kinostück eine unerwartet glückliche Wendung nahm und der Mann in der Wüste von einer vorbeiziehenden, wissenschaftlichen Karawane gerettet und in den Schoß der europäischen Zivilisation zurückgeführt wurde. Hierauf verlor Andreas jede Sympathie für den Helden des Films. Und schon war er im Begriff, sich zu erheben, als auf der Leinwand das Bild jenes Schulkameraden erschien, dessen Zeichnung er vor einer Weile, an der Theke stehend, hinter dem Rücken des Wirtes der Taverne gesehen hatte. Es war der große Fußballspieler Kanjak. Hierauf erinnerte sich Andreas, daß er einmal, vor zwanzig Jahren, mit Kanjak zusammen in der gleichen Schulbank gesessen hatte, und er beschloß, sich morgen sofort zu erkundigen, ob sein alter Schulkollege sich in Paris aufhielte.

Denn er hatte, unser Andreas, nicht weniger als neunhundertachtzig Francs in der Tasche.

Und dies ist nicht wenig.

## 8

Bevor er aber das Kino verließ, fiel es ihm ein, daß er es gar nicht nötig hätte, bis morgen früh auf die Adresse seines Freundes und Schulkameraden zu warten; insbesondere in Anbetracht der ziemlich hohen Summe, die er in der Tasche liegen hatte.

Er war jetzt, in Anbetracht des Geldes, das ihm verblieb, so mutig geworden, daß er beschloß, sich an der Kasse nach der Adresse seines Freundes zu erkundigen, des berühmten Fußballspielers Kanjak. Er hatte gedacht, man müßte zu diesem Zweck den Direktor des Kinos persönlich fragen. Aber nein! Wer war in ganz Paris so bekannt wie der Fußballspieler Kanjak? Der Türsteher schon kannte seine Adresse. Er wohnte in einem Hotel an den Champs Elysées. Der Türsteher sagte ihm auch den Namen des Hotels; und sofort begab sich unser Andreas auf den Weg dorthin.

Es war ein vornehmes, kleines und stilles Hotel, gerade eines jener Hotels, in denen Fußballspieler und Boxer, die Elite unserer Zeit, zu wohnen pflegen. Andreas kam sich in der Vorhalle etwas fremd vor, und auch den Angestellten des Hotels kam er etwas fremd vor. Immerhin sagten sie, der berühmte Fußballspieler Kanjak sei zu Hause und bereit, jeden Moment in die Vorhalle zu kommen.

Nach ein paar Minuten kam er auch herunter, und sie erkannten sich beide sofort. Und sie tauschten im Stehen noch alte Schulerinnerungen aus, und hierauf gingen sie zusammen essen, und es herrschte große Fröhlichkeit zwischen beiden. Sie gingen zusammen essen, und es ergab sich also infolgedessen, daß der berühmte Fußballspieler seinen verkommenen Freund folgendes fragte:

„Warum schaust du so verkommen aus, was trägst du überhaupt für Lumpen an deinem Leib?“

„Es wäre schrecklich“ – antwortete Andreas – „wenn ich erzählen wollte, wie das alles gekommen ist. Und es würde auch die Freude an unserem glücklichen Zusammentreffen bedeutsam stören. Laß uns darüber lieber kein Wort verlieren. Reden wir von was Heiterem.“

„Ich habe viele Anzüge" – sagte der berühmte Fußballspieler Kanjak. „Und es wird mir eine Freude sein, dir den einen oder den anderen davon abzugeben. Du hast neben mir in der Schulbank gesessen, und du hast mich abschreiben lassen. Was bedeutet schon ein Anzug für mich! Wo soll ich ihn dir hinschicken?" „Das kannst du nicht", erwiderte Andreas – „und zwar einfach deshalb, weil ich keine Adresse habe. Ich wohne nämlich seit einiger Zeit unter den Brücken an der Seine."

„So werde ich dir also" – sagte der Fußballspieler Kanjak – „ein Zimmer mieten, einfach zu dem Zweck, dir einen Anzug schenken zu können. Komm!"

Nachdem sie gegessen hatten, gingen sie hin, und der Fußballspieler Kanjak mietete ein Zimmer, und dieses kostete fünfundzwanzig Francs pro Tag und war gelegen in der Nähe der großartigen Kirche von Paris, die unter dem Namen „Madeleine" bekannt ist.

## *9*

Das Zimmer war im fünften Stock gelegen, und Andreas und der Fußballspieler mußten den Lift benützen. Andreas besaß selbstverständlich kein Gepäck. Aber weder der Portier noch der Liftboy noch sonst irgendeiner von dem Personal des Hotels verwunderte sich darüber. Denn es war einfach ein Wunder, und innerhalb des Wunders gibt es nichts Verwunderliches. Als sie beide im Zimmer oben standen, sagte der Fußballspieler Kanjak zu seinem Schulbankgenossen Andreas: „Du brauchst wahrscheinlich eine Seife."

„Unsereins" – erwiderte Andreas – „kann auch ohne Seife leben. Ich gedenke hier acht Tage ohne Seife zu wohnen, und ich werde mich trotzdem waschen. Ich möchte aber, daß wir uns zur Ehre dieses Zimmers sofort etwas zum Trinken bestellen."

Und der Fußballspieler bestellte ein Flasche Kognak. Diese tranken sie bis zur Neige. Hierauf verließen sie das Zimmer und nahmen ein Taxi und fuhren auf den Montmartre, und zwar in jenes Café, wo die Mädchen saßen und wo Andreas erst ein paar Tage vorher gewesen war. Nachdem sie dort zwei Stunden gesessen und Erinnerungen aus der Schulzeit ausgetauscht hatten, führte der Fußballspieler Andreas nach Hause, das heißt, in das Hotelzimmer, das er ihm gemietet hatte, und sagte zu ihm: „Jetzt ist es spät. Ich lasse dich allein. Ich schicke dir morgen zwei Anzüge. Und – brauchst du Geld?"

„Nein" – sagte Andreas – „ich habe neunhundertachtzig Francs, und das ist nicht wenig. Geh nach Hause!"

„Ich komme in zwei oder drei Tagen" – sagte der Freund, der Fußballspieler.

## *10*

Das Hotelzimmer, in dem Andreas nunmehr wohnte, hatte die Nummer: neunundachtzig. Sobald Andreas sich allein in diesem Zimmer befand, setzte er sich in den bequemen Lehnstuhl, der mit rosa Rips überzogen war, und begann, sich umzusehn. Er sah zuerst die rotseidene Tapete, unterbrochen von zartgoldenen Papageienköpfen, an den Wänden drei elfenbeinerne Knöpfe, rechts an der Türleiste und in der Nähe des Bettes den Nachttisch und die Lampe darüber mit dunkelgrünem Schirm und ferner eine Tür mit einem weißen Knauf, hinter der sich etwas Geheimnisvolles, jedenfalls für Andreas Geheimnisvolles zu verbergen schien. Ferner gab es in der Nähe des Bettes ein schwarzes Telephon, dermaßen angebracht, daß auch ein im Bett Liegender das Hörrohr ganz leicht mit der rechten Hand erfassen kann.

Andreas, nachdem er lange das Zimmer betrachtet hatte und darauf bedacht gewesen war, sich auch mit ihm vertraut zu machen, wurde plötzlich neugierig. Denn die Tür mit dem weißen Knauf irritierte ihn, und trotz seiner Angst und obwohl er der Hotelzimmer ungewohnt war, erhob er sich und beschloß nachzusehen, wohin die Tür führe. Er hatte gedacht, sie sei selbstverständlich geschlossen. Aber wie groß war sein Erstaunen, als sie sich freiwillig, beinahe zuvorkommend, öffnete!

Er sah nunmehr, daß es ein Badezimmer war, mit glänzenden Kacheln und mit einer Badewanne, schimmernd und weiß, und mit einer Toilette, und kurz und gut, das, was man in seinen Kreisen eine Bedürfnisanstalt hätte nennen können.

In diesem Augenblick auch verspürte er das Bedürfnis, sich zu waschen, und er ließ heißes und kaltes Wasser aus den beiden Hähnen in die Wanne rinnen. Und wie er sich auszog, um in sie hineinzusteigen, bedauerte er auch, daß er keine Hemden habe, denn wie er sich das Hemd auszog, sah er, daß es sehr schmutzig war, und von vornherein schon hatte er Angst vor dem Augenblick, in dem er wieder aus dem Bad gestiegen und dieses Hemd anziehen müßte.

Er stieg in das Bad, er wußte wohl, daß es eine lange Zeit her war, seitdem er sich gewaschen hatte. Er badete geradezu mit Wollust, erhob sich, zog sich wieder an und wußte nun nicht mehr, was er mit sich anfangen sollte.

Mehr aus Ratlosigkeit als aus Neugier öffnete er die Tür des Zimmers, trat in den Korridor und erblickte hier eine junge Frau, die aus ihrem Zimmer gerade herauskam, wie er eben selbst. Sie war schön und jung, wie ihm schien. Ja, sie erinnerte ihn an die Verkäuferin in dem Laden, wo er die Brieftasche erstanden hatte, und ein bißchen auch an Karoline, und infolgedessen verneigte er sich leicht vor ihr und grüßte sie, und da sie ihm antwortete, mit einem Kopfnicken, faßte er sich ein Herz und sagte ihr geradewegs: „Sie sind schön."

„Auch Sie gefallen mir" – antwortete sie – „einen Augenblick! Vielleicht sehen wir uns morgen." – Und sie ging dahin im Dunkel des Korridors. Er aber, liebebedürftig, wie er plötzlich geworden war, sah nach der Nummer ihrer Tür, hinter der sie wohnte.

Und es war die Nummer: siebenundachtzig. Diese merkte er sich in seinem Herzen.

## *11*

Er kehrte wieder in sein Zimmer zurück, wartete, lauschte und war schon entschlossen, nicht erst den Morgen abzuwarten, um mit dem schönen Mädchen zusammenzukommen. Denn, obwohl er durch die fast ununterbrochene Reihe der Wunder in den letzten Tagen bereits überzeugt war, daß sich die Gnade auf ihn niedergelassen hatte, glaubte er doch gerade deswegen, zu einer Art Übermut berechtigt zu sein, und er nahm an, daß er gewissermaßen aus Höflichkeit der Gnade noch zuvorkommen müßte, ohne sie im geringsten zu kränken. Wie er nun also die leisen Schritte des Mädchens von Nummer siebenundachtzig zu vernehmen glaubte, öffnete er vorsichtig die Tür seines Zimmers einen Spalt breit und sah, daß sie es wirklich war, die in ihr Zimmer zurückkehrte. Was er aber freilich infolge seiner langjährigen Unerfahrenheit nicht bemerkte, war der nicht geringzuschätzende Umstand, daß auch das schöne Mädchen sein Spähen bemerkt hatte. Infolgedessen machte sie, wie sie es Beruf und Gewohnheit gelehrt hatten, hastig und hurtig eine scheinbare Ordnung in ihrem Zimmer und löschte die Deckenlampe aus und legte sich aufs Bett und nahm beim Schein der Nachttischlampe ein Buch in die Hand und las darin; aber es war ein Buch, das sie bereits längst gelesen hatte.

Eine Weile später klopfte es auch zage an ihrer Tür, wie sie es auch erwartet hatte, und Andreas trat ein. Er blieb an der Schwelle stehen, obwohl er bereits die Gewißheit hatte, daß er im nächsten Augenblick die Einladung bekommen würde, näherzutreten. Denn das hübsche Mädchen rührte sich nicht aus ihrer Stellung, sie legte nicht einmal das Buch aus der Hand, sie fragte nur: „Und was wünschen Sie?“

Andreas, sicher geworden durch Bad, Seife, Lehnstuhl, Tapete, Papageienköpfe und Anzug, erwiderte: „Ich kann nicht bis morgen warten, Gnädige.“ Das Mädchen schwieg.

Andreas trat näher an sie heran, fragte sie, was sie lese, und sagte aufrichtig: „Ich interessiere mich nicht für Bücher.“

„Ich bin nur vorübergehend hier“ – sagte das Mädchen auf dem Bett – „ich bleibe nur bis Sonntag hier. Am Montag muß ich nämlich in Cannes wieder auftreten.“

„Als was?“ – fragte Andreas.

„Ich tanze im Kasino. Ich heiße Gabby. Haben Sie den Namen noch nie gehört?“

„Gewiß, ich kenne ihn aus den Zeitungen“ – log Andreas – und er wollte hinzufügen: „mit denen ich mich zudecke.“ Aber er vermied es.

Er setzte sich an den Rand des Bettes, und das schöne Mädchen hatte nichts dagegen. Sie legte sogar das Buch aus der Hand, und Andreas blieb bis zum Morgen in Zimmer siebenundachtzig.

## *12*

Am Samstagmorgen erwachte er mit dem festen Entschluß, sich von dem schönen Mädchen bis zu ihrer Abreise nicht mehr zu trennen. Ja, in ihm blühte sogar der zarte Gedanke an eine Reise mit der jungen Frau nach Cannes, denn er war, wie alle armen Menschen, geneigt, kleine Summen, die er in der Tasche hatte (und insbesondere die trinkenden armen Menschen neigen dazu), für große zu halten. Er zählte also am Morgen seine neunhundertachtzig Francs noch einmal nach. Und da sie in einer Brieftasche lagen, und da diese Brieftasche in einem neuen Anzug steckte, hielt er die Summe um das Zehnfache vergrößert. Infolgedessen war er auch keineswegs erregt, als eine Stunde später, nachdem er es verlassen hatte, das schöne Mädchen bei ihm eintrat, ohne anzuklopfen, und da sie ihn fragte, wie sie beide den Samstag zu verbringen hätten, vor ihrer Abreise nach Cannes, sagte er aufs Geratewohl: „Fontainebleau.“ Irgendwo, halb im Traum, hatte er es vielleicht gehört. Er wußte jedenfalls nicht mehr, warum und wieso ihm dieser Ortsname auf die Zunge gekommen war.

Sie mieteten also ein Taxi, und sie fuhren nach Fontainebleau, und dort erwies es sich, daß das schöne Mädchen ein gutes Restaurant kannte, in dem man gute Speisen speisen und guten Trank trinken konnte. Und auch den Kellner kannte sie, und sie nannte ihn beim Vornamen. Und wenn unser Andreas eifersüchtig von Natur gewesen wäre, so hätte er wohl auch böse werden können. Aber er war nicht eifersüchtig, und also wurde er auch nicht böse. Sie verbrachten eine Zeitlang beim Essen und Trinken und fuhren hierauf, noch einmal im Taxi, zurück nach Paris, und auf einmal lag der strahlende Abend von Paris vor ihnen, und sie wußten nichts mit ihm anzufangen, eben wie Menschen nicht wissen, die nicht zueinander gehören und die nur zufällig zueinander gestoßen sind. Die Nacht breitete sich vor ihnen aus wie eine allzu lichte Wüste.

Und sie wußten nicht mehr, was miteinander anzufangen, nachdem sie leichtfertigerweise das wesentliche Erlebnis vergeudet hatten, das Mann und Frau gegeben ist. Also beschlossen sie, was den Menschen unserer Zeit vorbehalten bleibt, sobald sie nicht wissen, was anzufangen, ins Kino zu gehen. Und sie saßen da, und es war keine Finsternis, nicht einmal ein Dunkel, und knapp konnte man es noch ein Halbdunkel nennen. Und sie drückten einander die Hände, das Mädchen und unser Freund Andreas. Aber sein Händedruck war gleichgültig, und er litt selber darunter. Er selbst. Hierauf, als die Pause kam, beschloß er, mit dem schönen Mädchen in die Halle zu gehen und zu trinken, und sie gingen auch beide hin, und sie tranken. Und das Kino interessierte ihn keineswegs mehr. Sie gingen in einer ziemlichen Beklommenheit ins Hotel.

Am nächsten Morgen, es war Sonntag, erwachte Andreas in dem Bewußtsein seiner Pflicht, daß er das Geld zurückzahlen müsse. Er erhob sich schneller als am letzten Tag und so schnell, daß das schöne Mädchen aus dem Schlaf aufschrak und ihn fragte: „Warum so schnell, Andreas?"

„Ich muß eine Schuld bezahlen", sagte Andreas.

„Wie? Heute am Sonntag?" – fragte das schöne Mädchen.

„Ja, heute am Sonntag" – erwiderte Andreas.

„Ist es eine Frau oder ein Mann, dem du Geld schuldig bist?"

„Eine Frau" – sagte Andreas zögernd.

„Wie heißt sie?"

„Therese."

Daraufhin sprang das schöne Mädchen aus dem Bett, ballte die Fäuste und schlug sie auch beide Andreas ins Gesicht.

Und daraufhin floh er aus dem Zimmer, und er verließ das Hotel. Und ohne sich weiter umzusehn, ging er in die Richtung der Ste Marie des Batignolles, in dem sicheren Bewußtsein, daß er heute endlich der kleinen Therese die zweihundert Francs zurückzahlen könnte.

## *13*

Nun wollte es die Vorsehung – oder wie weniger gläubige Menschen sagen würden: der Zufall –, daß Andreas wieder einmal knapp nach der Zehn-Uhr-Messe ankam. Und es war selbstverständlich, daß er in der Nähe der Kirche das Bistro erblickte, in dem er zuletzt getrunken hatte, und dort trat er auch wieder ein.

Er bestellte also zu trinken. Aber vorsichtig, wie er war und wie es alle Armen dieser Welt sind, selbst wenn sie Wunder über Wunder erlebt haben, sah er zuerst nach, ob er wirklich auch Geld genug besäße, und er zog seine Brieftasche heraus. Und da sah er, daß von seinen neunhundertachtzig Francs kaum noch mehr etwas übrig war.

Es blieben ihm nämlich nur zweihundertfünfzig. Er dachte nach und erkannte, daß ihm das schöne Mädchen im Hotel das Geld genommen hatte. Aber unser Andreas machte sich gar nichts daraus. Er sagte sich, daß er für jede Lust zu zahlen habe, und er hatte Lust genossen, und er hatte also auch zu bezahlen.

Er wollte hier abwarten, so lange bis die Glocken läuteten, die Glocken der nahen Kapelle, um zur Messe zu gehen und um dort endlich die Schuld der kleinen Heiligen abzustatten. Inzwischen wollte er trinken, und er bestellte zu trinken. Er trank. Die Glocken, die zur Messe riefen, begannen zu dröhnen, und er rief: „Zahlen, Kellner!“, zahlte, erhob sich, ging hinaus und stieß knapp vor der Tür mit einem sehr großen, breitschultrigen Mann zusammen. Den nannte er sofort: „Woitech.“ Und dieser rief zu gleicher Zeit: „Andreas!“ Sie sanken einander in die Arme, denn sie waren beide zusammen Kohlenarbeiter gewesen in Quebecque, zusammen beide in einer Grube.

„Wenn du mich hier erwarten willst“ – sagte Andreas – „zwanzig Minuten nur, so lange, wie die Messe dauert, nicht einen Moment länger!“

„Grad nicht“ – sagte Woitech. – „Seit wann gehst du überhaupt in die Messe? Ich kann die Pfaffen nicht leiden und noch weniger die Leute, die zu den Pfaffen gehn.“

„Aber ich gehe zur kleinen Therese“ – sagte Andreas – „ich bin ihr Geld schuldig.“

„Meinst du die kleine heilige Therese?“ – fragte Woitech.

„Ja, die meine ich“ – erwiderte Andreas.

„Wieviel schuldest du ihr?“ – fragte Woitech.

„Zweihundert Francs!“ – sagte Andreas.

„Dann begleite ich dich!“ – sagte Woitech.

Die Glocken dröhnten immer noch. Sie gingen in die Kirche, und wie sie drinnen standen und die Messe gerade begonnen hatte, sagte Woitech mit flüsternder Stimme: „Gib mir sofort hundert Francs! Ich erinnere mich eben, daß mich drüben einer erwartet, ich komme sonst ins Kriminal!“

Unverzüglich gab ihm Andreas die ganzen zwei Hundert-Francs-Scheine, die er noch besaß und sagte: „Ich komme sofort nach.“

Und wie er nun einsah, daß er kein Geld mehr hatte, um es der Therese zurückzuzahlen, hielt er es auch für sinnlos, noch länger der Messe beizuwohnen. Nur aus Anstand wartete er noch fünf Minuten und ging dann hinüber, in das Bistro, wo Woitech auf ihn wartete.

Von nun ab blieben sie Kumpane, denn das versprachen sie einander gegenseitig.

Freilich hatte Woitech keinen Freund gehabt, dem er Geld schuldig gewesen wäre. Den einen Hundert-Francs-Schein, den ihm Andreas geborgt hatte, verbarg er sorgfältig im Taschentuch und machte einen Knoten darum. Für die andern hundert Francs lud er Andreas ein, zu trinken und noch einmal zu trinken, und noch einmal zu trinken, und in der Nacht gingen sie in jenes Haus, wo die gefälligen Mädchen saßen, und dort blieben sie auch alle beide drei Tage, und als sie wieder herauskamen, war es Dienstag und Woitech trennte sich von Andreas mit den Worten: „Sonntag sehen wir uns wieder, um dieselbe Zeit und an der gleichen Stelle und am selben Ort."

„Servus!" – sagte Andreas.

„Servus!" – sagte Woitech und verschwand.

## *14*

Es war ein regnerischer Dienstagnachmittag, und es regnete so dicht, daß Woitech im nächsten Augenblick tatsächlich verschwunden war. Jedenfalls schien es Andreas also.

Es schien ihm, daß sein Freund verlorengegangen war im Regen, genauso, wie er ihn zufällig getroffen hatte, und da er kein Geld mehr in der Tasche besaß, ausgenommen fünfunddreißig Francs, und verwöhnt vom Schicksal, wie er sich glaubte, und der Wunder sicher, die ihm gewiß noch geschehen würden, beschloß er, wie alle Armen und des Trunkes Gewohnten es tun, sich wieder dem Gott anzuvertrauen, dem einzigen, an den er glaubte. Also ging er zur Seine und die gewohnte Treppe hinunter, die zu der Heimatstätte der Obdachlosen führt.

Hier stieß er auf einen Mann, der eben im Begriffe war, die Treppe hinaufzusteigen, und der ihm sehr bekannt vorkam. Infolgedessen grüßte Andreas ihn höflich. Es war ein etwas älterer, gepflegt aussehender Herr, der stehenblieb, Andreas genau betrachtete und schließlich fragte: „Brauchen Sie Geld, lieber Herr?"

An der Stimme erkannte Andreas, daß es jener Herr war, den er drei Wochen vorher getroffen hatte. Also sagte er: „Ich erinnere mich wohl, daß ich Ihnen noch Geld schuldig bin, ich sollte es der heiligen Therese zurückbringen. Aber es ist allerhand dazwischengekommen, wissen Sie. Und ich bin schon das drittemal daran verhindert gewesen, das Geld zurückzugeben."

„Sie irren sich" – sagte der ältere, wohlangezogene Herr – „ich habe nicht die Ehre, Sie zu kennen. Sie verwechseln mich offenbar, aber es scheint mir, daß Sie in einer Verlegenheit sind. Und, was die heilige Therese betrifft, von der Sie eben gesprochen haben, bin ich ihr dermaßen menschlich verbunden, daß ich selbstverständlich bereit bin, Ihnen das Geld vorzustrecken, das Sie ihr schuldig sind. Wieviel macht es denn?"

„Zweihundert Francs" – erwiderte Andreas – „aber verzeihen Sie, Sie kennen mich ja nicht! Ich bin ein Ehrenmann, und Sie können mich kaum mahnen. Ich habe nämlich wohl meine Ehre, aber keine Adresse. Ich schlafe unter einer dieser Brücken."

„Oh, das macht nichts!" – sagte der Herr – „Auch ich pflege da zu schlafen. Und Sie erweisen mir geradezu einen Gefallen, für den ich nicht genug dankbar sein kann, wenn Sie mir das Geld abnehmen. Denn auch ich bin der kleinen Therese so viel schuldig!"

„Dann" – sagte Andreas – „allerdings, stehe ich zu Ihrer Verfügung."

Er nahm das Geld, wartete eine Weile, bis der Herr die Stufen hinaufgeschritten war, und ging dann selber die gleichen Stufen hinauf und geradewegs in die Rue des Quatre Vents in sein altes Restaurant, in das russisch-armenische Tari-Bari, und dort blieb er bis zum Samstagabend. Und da erinnerte er sich, daß morgen Sonntag sei und daß er in die Kapelle Ste Marie des Batignolles zu gehen habe.

## 15

Im Tari-Bari waren viele Leute, denn manche schliefen dort, die kein Obdach hatten, tagelang, nächtelang, des Tags hinter der Theke und des Nachts auf den Banquetten. Andreas erhob sich am Sonntag sehr früh, nicht sosehr wegen der Messe, die er zu versäumen gefürchtet hätte, wie aus Angst vor dem Wirt, der ihn mahnen würde, Trank und Speise und Quartier für so viele Tage zu bezahlen.

Er irrte sich aber, denn der Wirt war bereits viel früher aufgestanden als er. Denn der Wirt kannte ihn schon seit langem und wußte, daß unser Andreas dazu neigte, jede Gelegenheit wahrzunehmen, um Zahlungen auszuweichen. Infolgedessen mußte unser Andreas bezahlen, von Dienstag bis Sonntag, reichlich Speise und Getränke und viel mehr noch, als er gegessen und getrunken hatte. Denn der Wirt vom Tari-Bari wußte zu unterscheiden, welche von seinen Kunden rechnen konnten und welche nicht. Aber unser Andreas gehörte zu jenen, die nicht rechnen konnten, wie viele Trinker. Andreas zahlte also einen großen Teil des Geldes, das er bei sich hatte, und begab sich dennoch in die Richtung der Kapelle Ste Marie des Batignolles. Aber er wußte wohl schon, daß er nicht mehr genügend Geld hatte, um der heiligen Therese alles zurückzuzahlen. Und er dachte ebenso an seinen Freund Woitech, mit dem er sich verabredet hatte, genau in dem gleichen Maße, wie an seine kleine Gläubigerin.

Nun also kam er in der Nähe der Kapelle an, und es war wieder leider nach der Zehn-Uhr-Messe, und noch einmal strömten ihm die Menschen entgegen, und wie er so gewohnt den Weg zum Bistro einschlug, hörte er hinter sich rufen, und plötzlich fühlte er eine derbe Hand auf seiner Schulter. Und wie er sich umwandte, war es ein Polizist.

Unser Andreas, der, wie wir wissen, keine Papiere hatte, wie so viele seinesgleichen, erschrak und griff schon in die Tasche, einfach um sich den Anschein zu geben, er hätte etwelche Papiere, die richtig seien. Der Polizist aber sagte: „Ich weiß schon, was Sie suchen. In der Tasche suchen Sie es vergeblich! Ihre Brieftasche haben Sie eben verloren. Hier ist sie, und" – so fügte er noch scherzhaft hinzu – „das kommt davon, wenn man Sonntag am frühen Vormittag schon so viele Apéritifs getrunken hat! ..."

Andreas ergriff schnell die Brieftasche, hatte kaum Gelassenheit genug, den Hut zu lüften, und ging stracks ins Bistro hinüber.

Dort fand er den Woitech bereits vor und erkannte ihn nicht auf den ersten Blick, sondern erst nach einer längeren Weile. Dann aber begrüßte ihn unser Andreas um so herzlicher. Und sie konnten gar nicht aufhören, beide einander wechselseitig einzuladen, und Woitech, höflich, wie die meisten Menschen es sind, stand von der Banquette auf und bot Andreas den Ehrenplatz an und ging, so schwankend er auch war, um den Tisch herum, setzte sich gegenüber auf einen Stuhl und redete Höflichkeiten. Sie tranken lediglich Pernod.

„Mir ist wieder etwas Merkwürdiges geschehen“, sagte Andreas. „Wie ich da zu unserem Rendezvous herübergehen will, faßt mich ein Polizist an der Schulter und sagt: „Sie haben Ihre Brieftasche verloren.“ Und gibt mir eine, die mir gar nicht gehört, und ich stecke sie ein, und jetzt will ich nachschauen, was es eigentlich ist.“

Und damit zieht er die Brieftasche heraus und sieht nach, und es liegen darin mancherlei Papiere, die ihn nicht das geringste angehen, und er sieht auch Geld darin und zählt die Scheine, und es sind genau zweihundert Francs. Und da sagt Andreas: „Siehst du! Das ist ein Zeichen Gottes. Jetzt gehe ich hinüber und zahle endlich mein Geld!“

„Dazu“, antwortete Woitech, „hast du ja Zeit, bis die Messe zu Ende ist. Wozu brauchst du denn die Messe? Während der Messe kannst du nichts zurückzahlen. Nach der Messe gehst du in die Sakristei, und inzwischen trinken wir!“

„Natürlich, wie du willst“, antwortete Andreas.

In diesem Augenblick tat sich die Tür auf, und während Andreas ein unheimliches Herzweh verspürte und eine große Schwäche im Kopf, sah er, daß ein junges Mädchen hereinkam und sich genau ihm gegenüber auf die Banquette setzte. Sie war sehr jung, so jung, wie er noch nie ein Mädchen gesehen zu haben glaubte, und sie war ganz himmelblau angezogen. Sie war nämlich blau, wie nur der Himmel blau sein kann, an manchen Tagen, und auch nur an gesegneten. So schwankte er also hinüber, verbeugte sich und sagte zu dem jungen Kind: „Was machen Sie hier?“

„Ich warte auf meine Eltern, die eben aus der Messe kommen; die wollen mich hier abholen. Jeden vierten Sonntag“, sagte sie und war ganz verschüchtert vor dem älteren Mann, der sie so plötzlich angesprochen hatte. Sie fürchtete sich ein wenig vor ihm.

Andreas fragte darauf: „Wie heißen Sie?“

„Therese“ – sagte sie.

„Ah“, rief Andreas darauf, „das ist reizend! Ich habe nicht gedacht, daß eine so große, eine so kleine Heilige, eine so große und so kleine Gläubigerin mir die Ehre erweist, mich aufzusuchen, nachdem ich so lange nicht zu ihr gekommen war.“

„Ich verstehe nicht, was Sie reden“ – sagte das kleine Fräulein ziemlich verwirrt.

„Das ist nur Ihre Feinheit“, erwiderte hier Andreas. „Das ist nur Ihre Feinheit, aber ich weiß sie zu schätzen. Ich bin Ihnen seit langem zweihundert Francs schuldig, und ich bin nicht mehr dazu gekommen, sie Ihnen zurückzugeben, heiliges Fräulein!“

„Sie sind mir kein Geld schuldig, aber ich habe welches im Täschchen, hier, nehmen Sie und gehen Sie. Denn meine Eltern kommen bald.“

Und somit gab sie ihm einen Hundert-Francs-Schein aus ihrem Täschchen.

All dies sah Woitech im Spiegel, und er schwankte auf aus seinem Sessel und bestellte zwei Pernods und wollte eben unseren Andreas an die Theke schleppen, damit er mittrinke. Aber, wie Andreas sich eben anschickt, an die Theke zu treten, fällt er um wie ein Sack, und alle Menschen im Bistro erschrecken und Woitech auch. Und am meisten das Mädchen, das Therese heißt. Und man schleppt ihn, weil in der Nähe kein Arzt und keine Apotheke ist, in die Kapelle, und zwar in die Sakristei, weil Priester doch etwas von Sterben und Tod verstehen, wie die ungläubigen Kellner trotzdem glaubten; und das Fräulein, das Therese heißt, kann nicht umhin und geht mit.

Man bringt also unsern armen Andreas in die Sakristei, und er kann leider nichts mehr reden, er macht nur eine Bewegung, als wollte er in die linke innere Rocktasche greifen, wo das Geld, das er der kleinen Gläubigerin schuldig ist, liegt, und er sagt: „Fräulein Therese!“ – und tut seinen letzten Seufzer und stirbt.

Gebe Gott uns allen, uns Trinkern, einen so leichten und so schönen Tod!